U0899231

拆开来说

朱自清 著

江苏凤凰文艺出版社
JIANGSU PHOENIX LITERATURE AND
ART PUBLISHING, LTD

我的时间就在这纸与笔，

思维与字迹快要接触的那一刹那匆匆而过。

——朱自清

语文教学的全才

有人说他的文字给人以“芳香的迷醉”，也有人说“他的散文，能贮满一种诗意”。

人们记得他的《背影》，会想起他的《荷塘月色》，也知道他的《欧游杂记》，却偏偏忘了在散文家、诗人之外的朱自清其实还有另外一个身份——语文教育家。

朱自清和叶圣陶、夏丏尊一起被称为“民国语文三大家”，叶圣陶更是评价他：“就语文教学方面来说，他真是一个全才。”

朱自清超乎寻常地把语文教育的目的，确立在“使学生了解本国固有文化并且提高学生欣赏文学的能力”的崭新意义上，重视经典训练。他同时竭力主张诵读，因为诵读有助于学生理顺自己的“语脉”，并进而推动“文学的国语”的形成。

所以，我们做这样一本朱自清先生的关于怎样学习国文的书，并不仅仅希望这本书能够成为国文学习的引导之书，更希望通过这样一本书能够让大家了解国文之美，发现国文的趣味，开掘国文的价值，让固有文化变得深刻。

我们始终认为“授人以鱼不如授人以渔”！

我们希望这本书能够成为学生学习的梯子，老师教学的帮手，普通读者通览中国古代文化经典的指南。

书中内容均从我们目前所能找到的，朱自清先生关于语文学习的文章中所摘（个别章节适情况做了删减）。我们将所选文章经过系统的梳理后，使得文章内容贴合朱自清先生的教育观念，同时又与现代教育对语文学习的要求紧密相连。我们希望学生通过这本书能够明白“怎样学习国文”，还希望他们能获得“一般人应有的中国文学常识”，更希望每一个阅读这本书的人最终都能够成为“做自己的人”。

经典阅读是练就扎实知识系统的基础。虽然“怎样学习国文”是本书的主体部分，但同时书中还有朱自清先生所写的关于经典文化的诸多文章，从《说文解字》到《诗经》《史记》，均有精彩论述。

自国文教育现代化始，对“国文程度低落”的质疑就没有停止过。怎样学好国文一直都是一个值得大家关注的问题。

本书取名《拆开来说》，正是因为全书内容是围绕朱自清先生关于怎样学习国文这个思路，把国文学习的方法进行了拆解，方便读者依照自身需要，对所缺知识技能做到高效地获取，故取名《拆开来说》。

正如朱自清先生所说：“国文给人知识，也教给人怎样做人，不是做别人的，而是做自己的人。”

愿这本书教会我们每个人的不仅仅是学习国文的技能，还有行世立人的标准。

编者记

怎样学习国文（代序）

国文这科，在学校里是一门重要的学科，与英、算居同等的地位。可是现在呢？国文只是名义上的重要了，其主要的原因，就是一般学生存着错误的观念，以为我们是中国人，学中文当然是容易的，于是多半对这门功课不是很用功。无论白话文也罢，文言文也罢，在学习的时候，往往词不达意的地方很多，这就是没有对国文这科下过一番功夫的缘故。

最近的舆论，以为中学生的国文程度很低落，这种低落，指的是哪方面？所谓低落，若是在文言文这方面，确实是比较低落，尤其是近十余年来，中学生学做文言，许多地方真是不通。读文言的能力也不够。但从做白话文这方面来说， 般的标准是大大的进步了，对丁写景、抒情的能力，尤其非常地可观。可是除此而外，以白话写议论文及应用文的能力，却非常地落后。

中学生对于“读”的功夫是太差了，现在把“读”的意义简单地说一说。“读”这方面，它是包含着了解的程度及欣赏的程度。就像看一张图画，你觉得它确实太好了，但问你好到什么境地，那么得由你自己去体会，从体会的能力，就见出欣赏的深浅。

古人作一篇文章，他是有了浓厚的感情，发自他的胸腑，才用文字表现出来的。在文字里隐藏着他的灵魂，使旁人读了能够与作者共感共鸣。我们现在读文言，因为时间远隔，古今语法不同，词汇差别很大，你能否从文字中体会古人的感情呢？这需要训练，需要用心，慢慢地去揣摩古人的心怀，然后才发现其中的奥蕴，这就是一般人觉得文言文，比白话文实在是难的地方。

再进一步，可以说，白话与文言固然不同，白话与口语，又何尝一致呢？在“五四”运动的时候，有人提出口号：“文语一致”。这只是理想而已。“文”是许多字句组织起来的，“语”则不然，说话的时候，有声调、快慢、动作等因素来帮助它，可以随便地说，只要对方能够了解就行。总之，“语”确实是比“文”容易。

文言文，大学生与中学生都不大喜欢读的，大半因为文言文中的词汇不容易了解，譬如文言文中的“吾谁欺？”在白话文中是“我欺负哪一个？”的意思。如果你不了解古代文法，也许会想到别的意义上去。然而只要多读几遍，多体会一下，了解的程度就不同；所以“读”的功夫，我是以为非常重要的。

我们之所以对于典籍冷淡，另一方面，是因为它里面的事实与我们现在的不同。电影、汽车、飞机等类，在古代书籍中就见不到。反之，古代许多事物在我们现在也无从看到，譬如官制、礼节、服装等等，必须考据才能知道，这都阻碍我们阅读的兴趣。然而，只要用心，是没有什么困难不可以克服的。

生在民国的人，学做文章，不需要像做古文那样费很大的劲，只要你多读近代的作品，欣赏过近代的文学作品，博览过近代的翻译书籍、文学名著，那么，你写的文章，也可以很通顺，这是不用举例证明的。文言文中的应用文，再过二十年，必定也要达到被废弃的境地，因为白话文的势力，渐渐地侵入往来的公文和交际的信函中了。

由于文言文在日常应用中渐渐地失去效用，我们对于过去用文言文写的典籍，便漠不关心，这是错误的思想。因为过去的典籍，我们阅读它，研究它，可以得到古代的学术思想，了解古代的生活状况，这便是中国人对于中国历史认识的任务，你多读文言，多研究历史、典籍、古文，这阅读工作的本身就是值得尊重的！

读文言最难的一步工作，是需要查字典、找考证、死记忆。有一种人图省事，对这步工作疏忽，囫囵吞枣地读下去，还自号“不求甚解”，这种态度，太错误了。假若我们模仿陶渊明的“好读书，不求甚解”的态度，那是有害无益的。他的不求甚解，是因为学问已经很渊博了，隐居时才自称“不求甚解”的，这句话含着他的人生观，青年人是万万不能从表面去仿效的。如果你以为他的不求甚解，就是马虎过去的意思，那么你非但没有了解“不求甚解”这句话的意义，对于你所读的书，就更无从了解。

碰见文言中不懂的词汇，除了请教国文老师外，必须自己去查字典，以求“甚解”。如文言中的“驰骋文场”这成语，有一个人译到外国去是“人在书堆里跑马”的意思，这岂不是笑话吗？又如“巨擘”，原意是指拇指叫作巨擘，而它普通的意义是用来表扬“第一等”或“呱呱叫”等意义的赞语，这些地方就得留神，才不会出错。再举一例：

白日依山尽，
黄河入海流。
欲穷千里目，
更上一层楼。

它在词句上直接表示的意境已非常优美，但这首诗更说出另一种道理，它暗示人生，必须往高处走。所以我们读这首诗的时候，最要紧的是要懂得“言外之意”。又如下例：

铜炉在向往深山的矿苗，

瓷壶在向往江边的陶泥……

这两句新诗，它的含义似乎更深了，有些人不解，但如果读了全文，便知道是非常容易明白的话。由此可见，诗里含着高尚的感情，要你多欣赏，多诵读，必能了解得更深刻。

此外关于了解文章的组织，也是必需的，需得把每篇文章做大纲，研究它怎样发展出来，中心在哪里，还要注意它表面的次序，这种功夫，需得从现在就养成习惯，训练这种精神。

最后，我要告诉大家的，是关于写作方面，你必须了解“创作”与“写作”的性质是不同的。自“五四”运动以后，许多人都希望成为一个作家，可是在今天，我们所能看见成功了的，出名的，确是寥寥无几。推究失败的原因，是到处滥用文学的感情和用语，时时借文字发泄感情，文学的成分太多了，不能恰到好处，反而失去文学真正的意义。

要纠正我们这些坏习惯，必须从报刊文体中去学习。而我们更要学写议论文，从小的范围着手，拣与实际生活有密切关系的问题练习写，像关于学校中的伙食问题，你抓住要点，清清楚楚地写出来，即是有条理的文章。新闻事业在今世突飞猛进，发展的速度可以超乎其他文体之上，因为它简洁而扼要。这种文体，我希望大家能努力去学。与其想成为一个文学家，不如学做一个切切实实的新闻记者。

——选自1944年《国文杂志》第3卷第3期，署“朱自清讲演，段联瑗笔记”。

目录

知识与技能

国文不仅是一种语文训练，
更是一种文化训练。

文学与语言

文学是语言的艺术，
语言是文学的工具。

经典训练

经典训练的价值不止在实用，
还在文化。

国文不仅是一种语文训练，更是一种文化训练。

知识与技能

导读

记得在中学的时候，偶然买到一部《姜园课蒙草》，一部彪蒙书室的《论说入门》，非常高兴。因为这两部书都指示写作的方法。那时的国文教师对我们帮助很少，大家只茫然地读，茫然地写；有了指点方法的书，仿佛夜行有了电棒①。后来才知道那两部书并不怎样高明，可是当时确得了些好处。论读法的著作，却不曾见，便吃亏不少。按照老看法，这类书至多只能指示童蒙，不登大雅之堂。

所以真配写的人都不肯写；流行的很少有像样的，童蒙也就难得到实惠。

新文学运动以来，这一关总算打破了。作法、读法的书多起来了；大家也看重起来了。自然真好的还是少，因为这些新书——尤其是论作法的——往往泛而不切；假如那些旧的是琐屑，束缚性灵，这些新的又未免太无边际，大而化之了——这当然也难收实效。再说论到读法的也太少，作法的偏畸②的发展，

---

① 电棒：即手电筒。

② 偏畸：偏于一端；不公平。

容易使年轻人误解，以为只要晓得些作法就成，用不着多读别的书。这实在不是正路。

自己也在中学里教过五年国文，觉得有三种大困难。

第一，无论是读是作，学生不容易感到实际的需要。第二，读的方面，往往只注重思想的获得而忽略语汇的扩展，字句的修饰，篇章的组织，声调的变化等。第三，作的方面，总想创作，又急于发表。不考虑实际的需要，读和作都只是为人，都只是奉行功令；自然免不了敷衍、游戏。只注重思想而忽略训练，所获得的思想必是浮光掠影。因为思想也就存在于语汇、字句、篇章、声调里，中学生读书而只取其思想，那便是将书里的话用他们自己原有的语汇等等重记下来，一定是相去很远的变形。这种变形必失去原来思想的精彩而只存其轮廓，没有什么用处。总想创作，最容易浮夸，失望；没有忍耐而求近功，实在是苟且的心理。

——节选自《文心·序》

再论中学生的国文程度[1]

了解和欣赏是诵读的大部分目的；

诵读的另一部分目的是当作写作的榜样或标准。

——编者注

一般人讨论中学生的国文程度，都只从写作方面着眼；诵读方面，很少人提及。大约因为写作关系日用[2]，问题的迫切显而易见；诵读只关系文化，拿实用眼光去看，不免就是不急之需了。但从教育的立场说，国文科若只知养成学生写作的技能，不注重他们了解和欣赏的力量，那就太偏枯了。了解和欣赏是诵读的大部分目的；诵读的另一部分目的是当作写作的榜样或标准。按我的意见，文言文的诵读，该只是为了解和欣赏而止，白话

①选自作者与叶圣陶合著的《国文教学》。

②日用：即日常化。

文的诵读，才是一半为了榜样或标准。照历年中学生诵读的能力看，他们对于报刊体的叙述、说明和议论的文字，不论文言或白话，似乎大体上都能懂，不至于弄错了主要的意思。这在日用上原已够了；因此中学生诵读问题，便被一般人所不注意。但说到细节，他们就不免常有弄错的地方。再说到所谓古文，乃至古书，不能懂的地方更多；往往连主要的意思也弄不明白。白话文学作品里（一些新诗姑且除外），许多复杂的表现样式（句子和结构），和有些比喻，一般中学生也往往抓不着它们的意思。

现行初中国文课程标准第一条目标是，“使学生从本国语言文字上，了解固有文化”，第五条是，“养成阅读书籍之习惯与欣赏文艺之兴趣”。高中国文课程标准第三条目标是，“培养学生读解古书，欣赏中国文学名著之能力”。这些目标并不算高，可是现在一般中学生的诵读程度，能够达到这些目标的，似乎并不多。在文言文的诵读上，更是如此。只看学生作文里所用的成语，往往错误，如“折衡尊俎”[①]、“儿孙满膝”[②]、“狗头濆血”[③]之类，便知道一般中学生对于诵读是怎样的马虎了。这些成语大部分从文言文来，可也有些从白话文来——如“狗血喷头”便是的。应用成语

①应是折冲樽俎。意为不用武力，在酒席宴会间制敌取胜，指进行外交谈判。

②应是儿孙满堂。

③应是狗血喷头。

的正确或错误，是测验诵读程度一个简易的标准，特别从书写成语上看。因为写得没有误字，没有倒字，未见得就是用得确切。如“他的笑容不翼而飞”之类；但是写先写错了，即使放在上下文里很合式[①]，也还是了解得不正确。诵读没有正确的了解，欣赏的兴趣自然是有限的。

文言文的表现样式（包括句法）和词的意义，也常叫中学生迷惑。去年西南联大举行平津高中毕业生甄别试验，国文试题里文言译白话一段，是从《晏子春秋》卷六选出的：

灵公好妇人而丈夫饰者，国人尽服之。公使吏禁之，曰：“女子而男子饰者，裂其衣，断其带。”裂衣断带相望而不止。晏子见，公问曰：“寡人使吏禁女子而男子饰者；裂断其衣带，相望而不止，何也？”晏子对曰：“君使服之于内，而禁之于外，犹悬牛首于门而卖马肉于内也！公何以不使内勿服？则外莫敢为也。”公曰：“善！”使内勿服。不逾月而国人莫之服。

这可以说是浅显易懂。但许多考生却在“相望”那个熟语和那“内”字上栽了跟头。译得对的自然有：如前者译为“很多很多”“不知其数”“层见不穷”（该是“层出不穷”或“层见叠出”），后者译为“宫内的女子”。但是很少。有些人用取巧的办

---

①合式：符合一定的规格、程式。下文同。

法，不译“相望而不止”这一语，只直抄在译文里；有些人单译“不止”，却略去“相望”，如“但没有能制止”。前者是懂了这一语的主要意思没有，无从知道；后者是懂了主要的意思，可是不懂“相望”的意思。“君使服之于内，而禁之于外”那一句，似乎不便直抄，有些人却译为，“你何以不先教里面的不要穿男子的衣裳，则外面的也就不敢再穿了”。用宽泛的“里面的”来译那“内”字，等于没有译；这些人自然是没有懂得那“内”字。

有些人望文生义，将“相望”译成“但女人们却只互相看看大家而已”，甚至译成“让来往行人观看不止”。“君使服之于内”那一句，也有人译成“你叫你的夫人穿，而禁止别人穿”，已经够错了。更有些人译成“你的意思是女子在家里可以穿男子服，而在外面就不可以”；还有译成“王命衣穿内面，但是不禁穿在外面”的。不懂“相望”，也许还可懂得全文的主要意思；不懂那“内”字，全文就成了一片模糊了。又有人将晏子对卫灵公的话里的“君”和“公”都译成“先生”；那不但是不明白古代社会情形，并且似乎是缺乏一般的社会常识——对于一国的元首，哪有用对于一般人的普泛的称呼的道理呢？

有一个人误解了那“饰”字，闹了大错。他的译文的首节是这样：

灵公欢喜妇人，就用男子来扮成。于是人民都效学起来。灵公就教官吏去制止，说：“凡男子扮成女子的，便扯碎他的衣服，扯乱他的带子。”然而，虽是有人被破了衣，断了带，扮妇人的，仍然不止。

女子男装变作男扮女装，差不多翻了个身！更糟的一段译文是：

卫灵公很好色，使人把全国的女子驱禁在一起，说女子若是献媚男人的，就要处以裂衣断带的处罪。晏子见卫灵公就问道：我使人禁女子，但是许多与他们相爱的男子，都是依恋不舍，这是何故呢？晏子曰（回）答道，你虽外表上禁止，但是在内面仍然照常地行着，这好像是外面挂牛头，但在内则卖马肉了。你为什么不由内部做起，然后才施行呢！这样他们就不敢再违犯了。卫灵（公）说曰：这是一种妙法。

这简直是创造，哪儿还是翻译！这两条都只是极端的例子，不能够代表一般中学生的程度。我引了来，只是表示中学生了解本国文字，会错误到这般地步，几乎使我们难以相信的地步！再则，就这两条译文本身而论，倒都还能自圆其说，文字也算通顺。可见诵读和写作，尤其是文言的诵读和白话文的写作，并不是一回事；这两者的相关度，并不如一般人所想象的那么密切。

现在的中学生，其实不但是中学生，似乎都不爱读文言文，特别是所谓古文，乃至古书。他们想着读文言文是没有用的。教科书里的文言文大部分是所谓古文，乃至古书，固然不能做写作白话文的榜样或标准，甚至于也不能做写作应用的（广义）文言文的榜样或标准。那么，为什么还要去读它呢？在他们看来，读文言文就好像穿上几十年前宽袍大袖的服装，在现代都市的马路上，汽车的影子里，一摇二摆地走着，真是太不合时宜的老古董的样子！我承认文言文的诵读不能帮忙白话文的写作，但可以帮忙应用的文言文的写作。不过我觉得现在的中学生已经无须再学应用的文言文，理由已经在前一篇论文里说过了。我可还主张中学生应该诵读相当分量的文言文，特别是所谓古文，乃至古书。这是古典的训练，文化的教育。一个受教育的中国人，至少必得经过这种古典的训练，才成其为一个受教育的中国人。现在的中学生不但不爱读文言文，似乎还不爱读历史，即使是本国史。他们读文言文和本国史，老是那么马马虎虎的，“不好不要紧”的态度。他们总不肯用他们的理解力和记忆力在这两科上；因此张冠李戴，往往有之。上文所举，从成语错误到那“卫灵公”，都是明显的例子。

教师的讲解一向在国文训练里占着重要的部分。有些人觉得一般国文教师的讲解太琐细些；学生只被动地听着，不需要什么工作，似乎得不到实在的益处。这该分两层讨论。第一，我觉得课文应该分析地咀嚼；“讲解”若是这个意义，似乎正应该详尽些。固然，我们日常读书看报，只求了解主要的意思就够了，偶然有一两个不识的字，不明白的词语，大概总放它们过去，懒得去查字典或辞书。这或可以叫作“不求甚解”的态度。但是“不求甚解”而能了解主要的意思，还得靠早年的训练，那一字一句不放松的、咬文嚼字的功夫。若没有受过这种训练或用过这种功夫，而也取那“不求甚解”的态度，便往往不能了解读物的主要的意思；这种人自以为了解，其实往往只是望文生义罢了。现在一般中学生，从小学起所受的多少年的国文训练，虽然不充分，可是用来阅读普通的书报，大约也勉强够了。所以也可取那“不求甚解”的态度，而不至于抓不着主要的意思。但是对于即使是浅显的古文和古书，以及白话文学作品，他们也想取这个优游的态度可就不成。上面引的例子，便是平日吃了这个优游态度亏的表现的一斑。第二，要使一般中学生能够了解普通的古文和古书，以及白话文学作品，现在的国文训练，特别是中学时代的，实在嫌不充分。多讲闲话少讲课文的教师，固然不称职；就是孜孜兀兀地预备课文，详详细细地演释课文的，也还不算好教师。中学生需要充分的练习。练习包括预习、讨论、复习三步。每一步还有许多细目，这里不必列举。这些细目在各种国文教学法的书中，都曾或多或少地加以讨论。但我们现在所需要的，是切实的、有恒的施行；理论无论如何好，不施行总还是个白费！练习的主旨无非是让学生自己发见[1]困难，寻求解决；到了解决不了时，自然便知道需要教师。这时候教师的帮忙效用定会比一味演释大得多。这是让学生用理解力。解决的过程和结果，还得让学生常有温习的机会，才不至于全然忘却，这是让学生用记忆力。

①发见：即发现。下文同。

教师不但得帮忙学生解决他们的问题，还得提供他们所没有注意到的重要的问题，师生共同讨论解决。若是课文里有可以和读过的课文或眼前报刊杂志的材料比较的，教师也当抓住机会，引起相当时间的讨论。这可以增加学生的兴趣，并让他们容易记住。此外，默写和背诵，不拘文言文或白话文，都很要紧，该常常举行。文言文和旧诗词等，每讲完一篇，还该由教师吟诵一两遍，并该让学生跟着吟诵。现在教师范读文言文和旧诗词等，都不好意思打起调子，以为那是老古董的玩意儿。其实这是错的；文言文和旧诗词等，一部分的生命便在声调里；不吟诵不能完全领略它们的味儿。至于白话诗文，也该范读，不过只可用平调；若是对话或口语体，便该用口语的调子。我说到“味儿”，似乎已经从了解到了欣赏的范围了。其实欣赏就在正确的、透彻的了解之中。欣赏并不是给课文加上“好”“美”“雅”“神妙”“精致”“豪放”“婉约”“温柔敦厚”“典丽矞皇”一类抽象的、多义的评语，就算数的；得从词汇和比喻的选择，章句和全篇的组织，以及作者着意和用力的地方，找出那创新的或变古的、独特的东西，去体会，去领略，才是切实的受用。这和了解是分不开的。那些抽象的、多义的评语，意义不容易弄清楚，其实倒是避免的好。

白话文学作品并不如一般所想象的那么容易了解，我想也得举一个例。还是用西南联大去年平津高中毕业生甄别试验的国文试题，这回是白话译文言，是老舍先生《更大一些的想象》的头段儿：

要领略济南的美，根本须有些诗人的态度。那就是说，你须客气一点，把不美之点放在一旁，而把湖山的秀丽轻妙放在想象里浸润着；这也许是看风景而不至于失望的普遍原则。反之，你没有这诗意的体谅，而一个萝卜一个坑地去逛大明湖、趵突泉等，先不用说别的，单是人们口中的葱味，路上吱吱吜吜的小车子的轮声，就够你不痛快了。（末句和原作稍有不同）

“一个萝卜一个坑”这个比喻不懂的很少。译得贴切的要算“斤斤计较之心”“尽观其详”几句；“呆呆”“一一”甚至“此萝卜此坑”，也算抓着了原语的意思。大部分人却只直抄原语或略而不翻。有些人又只将原语硬变成文言调子，如“一卜一坑”“随萝卜之坑”“以卜坑之若”“如为一萝卜或一坑而游大明湖、趵突泉等”“游一萝卜或一坑于大明湖、趵突泉等”。这些都是文不成义。还有些人译作“梦然”“单独”“以极端主观之眼光”“以野夫之观”。这简直是瞎猜一气：后三语还可以说是望文生义，第一语好像完全是无中生有！中学生对于白话文学作品的了解，也还需要练习，由此例可见。翻译是很有用的练习，但似乎不必教学生译为文言，只教他们用自己的白话文重述出来就成。文言课文的练习，也可多用翻译，译文自然是用白话。但两者都得写下来，口述口译是不够的。

高中毕业生国文程度一斑[①]

理想的教师不但想到学生的耳朵，
还想到他们的脑子。

——编者注

本年[②]清华大学入学试验[③]，平沪两处参加的共二千二百多人。作者与几位同事负责看国文试卷中的作文；本人所看的约有四百五十本。看时大家讨论，并随手摘记卷中别字。现在将阅卷后的感想写出来，也许可以供高中国文教学参考。这里并不完全

①选自1933年《独立评论》第65号。

②本年，指1933年。

③试验：即考试。下文同。

是作者个人的意见，但作者愿负完全的责任。再则这里仅仅是一些零碎的感想，不是精密统计的结果；那要大规模地做，不是仓促间所能办到的。

这回的题目是《苦热》《晓行》《灯》《路》《夜》，考生只要选作一个，文言白话均可。但作文言的很少。五题中选《苦热》的似乎最多，其次是《夜》，又次是《晓行》；选《灯》《路》的最少。这些题的用意在于看考生观察与描写的能力。从前我们也出过些议论题，但看起卷来，总是许多照例的泛而不切的话。我们想高中毕业生所知道的也许还不够发议论，所以变变样子，给些小题目，让他们在日常生活里找点自己的话。但他们大多数还是发照例的议论，自己似乎并没有话说。作《灯》便说灯有菜油灯、煤油灯、电灯，作《路》便说路有泥路、石子路、柏油路，其他别无精义。不发议论的也有，却往往只将题目轻轻一点，便飏了开去，来一大段不相干的故事或不相干的谈话。譬如《夜》吧，就说夜里想到一件故事，而这故事里毫无夜的影子。譬如《晓行》吧，就说早晨走到田野间，遇见一个农人，诉了些苦处，叹息而归，也全不提到早晨的样子。自然我们并不妄想人人能做美文，但希望说些切实的话，所谓“言之有物”。至于运用文字，也极少熟练的；几乎每篇都有些不顺的句子，加上满眼的别字。大部分文从字顺的（虽然没说出什么东西），至多怕只有十分之一。

《苦热》的“苦”字，除了几本例外，都被当作形容词看；

或解作既苦且热，或解作苦的热。北平考生做这个题，总是分两面立论：“阔人”虽也热得难受，但可以住洋房、用电扇、吃冰激凌，还可以上青岛、北戴河去。“穷人”的热可“苦”了，洋车夫在烈日炎炎的时候还得拉着车跑；跑得气喘汗流，坐车的还叫快走，于是乎倒地而死。这一回卷子里，洋车夫可真死得不少。上海考生做这个题目，也分阔人、穷人两大段，但多说到洋车夫气喘汗流而止，不再说下去。在北平的人到底比在上海的人老实些。但有人说北平的洋车夫确是比上海的苦些；大概也有关系的。作《夜》的也常有分阔人的夜与穷人的夜的；作《晓行》的虽因早晨的乡间不大会有阔人而拉扯不上去，但也常将农人的穷苦与苛捐杂税等等发挥一番。

这种恨富怜穷的思想，是这回南北试卷里的普遍思想。我不说根本思想，因为看出来这并不一定是考生诸君自己真正相信的思想。凡相信一件事，必知道得真，议论得切；但卷子里只是些人云亦云的门面话，像是哪儿捡来似的。有一本卷子文后有小注云：

看见夏丏尊先生所著之文章作法上说，文需从小处描写；又读诸杂志上谓时代渐趋于普罗文学，生遂追时代潮流效夏先生之语而作此。

第一层并未做到，这本不容易；第二层却一做就做到了。“追时代潮流”这一句话，我想可以说明这回卷子里大部分恨富怜穷的思想。我们知道这是近年来最流行的思想，“诸杂志”确是多说这个。青年人谁不怕落伍？怕便非“追”不可。这个思想自然不止于恨富怜穷，但他们并不想真个见诸行事，所以只要得其大意，便于谈说，就成。见诸他们行事的，怕还是别种思想，那是在他们家庭里社会里多少年培养起来的。那才是他们的基本思想。那种思想固然也可转变，但单是杂志却没有这么大力量。所以就卷子论卷子，我们不禁想到这种恨富怜穷也不过一种洋八股而已。看起来大部分的考生似乎是既不自己张开眼看，也不自己按下心想的。而他们都是高中毕业生。因此我们不能不疑惑高中的教师真个尽了他们的责任。

教学生能自己观察，自己思想，本来很难。上讲堂东引一个文学家，西引一个文学家，这儿捡点儿，那儿凑点儿，可以说得天花乱坠，学生也乐意听。可是东风过耳，听完了除了几句口头禅，还有什么留着？理想的教师不但想到学生的耳朵，还想到他们的脑子。他得先将自己所要讲的仔细想过，再和学生认真讨论，即使面红耳赤也无妨。也得让学生认真多读书，养成他们自己的判断力。无论精读泛览，要读要览才有用；一纸书目，虽天天花样翻新，只是装修门面罢了。精读更须让学生一字一句不放松，在可能范围内，务必得其确解。“读书不求甚解”一句话，照字面讲，最易误人，尤其是青年学生。这回卷子里有“陋巷小胡同”“风所流的才子”等话，都是向来不求甚解，才至于此。

现在青年学生的通病是大而化之，不拘小节。他们专讲兴趣而恨训练；看国文教师只是新思潮的贩子，所有的新思潮他都得来一手儿。国文教师为供给这种需要，也便到处张罗，专心对付；乐得些不看笔记，不改作文，只天天上讲堂去开开话匣子。大家仿佛都觉得作不通的文字不要紧，写别字不要紧，张冠李戴不要紧，指鹿为马不要紧；其实他们也并非真个甘心如此，只是怕麻烦，不上劲儿。事事等兴趣，兴趣不常来，来了不常在；只好马马虎虎一气。这回卷子里像“莫之能也”“亦不觉其以为苦也”“嗅（臭）汗满流夹（浃）背”“饱尝足了”等句子不在少处。又作者看的四百五十本中，粗粗计算，有别字六百九十七个，重复的无数。其中因形声相近而误的三百零八个，因声近而误的一百七十二个，不成形体或增减笔画的一百四十五个，因形近而误的五十九个。有些错得离奇：如“旗袍”作“妓袍”，“蚊子”作“蛟子”；又如“吵闹”作“嗓闹”，是将“吵”误作“噪”，又将“噪”误作“嗓”；又如“袒裼裸程”作“坦蒂裸陈”，四个字只对了一个字，“蒂”字是因误读“袒裼”的“裼”字，又写成了声近的“蒂”字。这都是平时读书不留意又少练习之故。（又如《苦热》一文，写天热常说摄氏七十度，八十度，直到一百三四十度。这种常识怎么会错？都因不肯用心记，只晓得有个某氏寒暑表，以为就够用了。）

许多人说，现在高中学生的国文程度远不如二十年前的中学生了。这好像所谓“一代不如一代”，其实不然。先前中学生国文好，是家庭的力量而非学校的力量；那时的国文教师实在无教学法，只照本宣科，学生不会得益处。现在家庭里大概都是新人，忙于自己的职业，无暇管这件事；国文教学法虽长足地进步，却又很少人认真实行，学生程度当然就差了。但这是有办法的。中国文字，诚然难学，从前人十年窗下，也只练得这一种手艺；现在学校里功课多，好像有些来不及。不过教学法既进步，又有文法修辞及《词诠》一类书，帮助了解（新出《字辨》一书，辨各种别字颇详，也是有用的工具书。旧书也有这一类，但不易得），只要教师不将就学生，督促他们实行多看多读多作；作了不怕改，并且随时个别地指点，总有功效可见。

论朗读[①]

一曰诵；二曰吟；

三曰咏；四曰讲。

——编者注

在语文的教学上，在文艺的发展上，朗读都占着重要的位置。从前私塾里教书，老师照例范读，学生循声朗诵。早年学校里教古文，也还是如此。“五四”以来，中等以上的国文教学不兴这一套，但小学里教国语还用着老法子。一方面白话文学的成立使人重新感到朗读的重要，可是大家都不知道白话文应该怎样朗读才好。私人在这方面做试验的，民国十五年左右就有了。民

①本篇最初刊于1942年《国文杂志》第1卷第3期。

国二十年以后，朗读会也常有了，朗读广播也有了。抗战以来，朗读成为文艺宣传的重要方法，自然更见流行了。

朗读人多称为“朗诵”，从前有“高声朗诵”的成语，现在有“朗诵诗”的通名。但“诵”本是背诵文辞的意思，和“抽绎义蕴[①]”的“读”不一样；虽然这两个词也可以通用。“高声朗诵”正指背诵或准备背诵而言，倒是名副其实。白话诗文的朗诵，特别注重“义蕴”方面，而腔调也和背诵不同。这该称为“朗读”合式些。再从语文教学方面看，有“默读”，是和“朗读”相对的词；又有“精读”“泛读”，都着眼在意义或“义蕴”上。这些是一套。若单出“朗诵”，倒觉得不大顺溜似的。最有联系的还是“诵”的腔调。所谓“诵”的腔调便是私塾儿童读启蒙书的腔调，也便是现在小学生读国语教科书的腔调；这绝不是我们所谓“读”的腔调——如恭读《总理遗嘱》的腔调。我们现在已经知道，白话文宜用“读”的腔调，“诵”是不合式的。所以称“朗诵”不如称“朗读”的好。

黄仲苏先生在《朗诵法》（二十五年，开明版）里分“朗诵腔调”为四大类：

一曰诵读　诵谓读之而有音节者，宜用于读散文。如“四书”、诸子、《左传》、“四史”以及专家文集中之议、论、说

---

①义蕴：指含蓄的意义。下文同。

辩、序、跋、传记、表奏、书札等等。

二曰吟读 吟，呻也，哦也。宜用于读绝诗、律诗、词曲及其他短篇抒情韵文如诔、歌之类。

三曰咏读 咏者，歌也，与咏通，亦作永。宜用于读长篇韵文，如骈赋、古体诗之类。

四曰讲读 讲者，说也，谈也。说乃说话之“说”，谈则谓对话。宜用于读语体文。（以上节录原书一二六至一二八面）

这四分法黄先生说是“审辨文体，并依据《说文》字义及个人经验”（一二六面）定的。按作者所知道的实际情形和个人经验，吟读和咏读可以并为一类，叫作“吟”；讲读该再分为“读”和“说”两类；诵读照旧，只叫作“诵”。下面参照黄先生原定的次序逐项说明。

《周礼》：“大司乐以乐语教国子：兴、道、讽、诵、言、语。”郑玄注：“倍文曰讽，以声节之曰诵。”段玉裁道：“倍同背，谓不开读也；诵则非直背文，又为吟咏以声节之。”（《说文解字》言部注）古代的诵是有腔调的，由此可见。腔调虽不可知，但“长言”或“永言”——就是延长字音——的部分，大概总是有的。《学记》里道：“今之教者，呻其占毕。”“呻”是“吟诵”，是“长咏”（注疏），可以参证。至于近代私塾儿童诵读《百家姓》《千字文》《龙文鞭影》以及“四书”等的腔调，大致两字一拍，每一停顿处字音稍稍延长，恐怕已经是受佛教徒“转读”经文的影响，不尽是本国的传统了。吟的腔调也是印度影响，却比诵复杂得多。诵宜于短的句读，作用是便于上口，便于记，便于背；只是“平铺直叙，琅琅诵之”（《朗诵法》一二六面），并没有多少抑扬顿挫。黄先生所举的书，似乎只“四书”还宜于诵；诸子以下句读长，虽也可以诵，却得加些变化，参入吟腔才成。朗读这些书，该算是在吟诵之间。

至于小学国语教科书，无论里面的“国语”离标准语近些远些，总之是“语”，便于上口。文宜吟诵，因为本不是自然的；语只宜读或说；吟诵反失自然，使学生只记词句，忽略意义。这是教学上一个大损失。现行小学国语教科书有的韵语太多，似乎有意使儿童去“诵”，作者极不以为然。按原编辑人的意思，大概以为韵语便于记忆些，一方面白话诗可选的少，合于小学生程度的更少。韵语便于记忆是事实，可是那种浮滑而不自然的韵语给儿童不好的榜样，损害他们健全的语感，代价未免太大。倒是幸而他们只随口诵读过去，不仔细去体味；不然，真个拿那种韵语做说话和写作的榜样，说出来写出来的恐怕都有点不像话。儿童需要诗歌很迫切，也是事实。但白话诗合用的其实不少见。一般编辑人先就看不起白话诗，不去读，也不肯去翻那些诗集，这怨谁？再说歌谣也是可选的，那些编辑人也懒得找去。他们只会自作聪明地编出些非驴非马的韵语！作者以为此后国语教科书里不妨多选些诗歌：白话诗，歌谣，近于白话的旧诗词曲。白话诗只要“读”，旧诗词曲要吟或吟诵，歌谣要说或吟唱。白话文也只要读，白话只要说。这些下文还要论及。——单纯的诵腔帮助很少，作者以为可以不用。

还有一种诵腔，值得提一下。最早提倡读诗会的是已故的朱湘先生，那是民国十五年。他的读诗会只开过一回或者没有开成，作者已经记不起；但作者曾听过他朗读他的《采莲曲》。那是诵，用的是旧戏里的一种“韵白”。他自己说是试验。《采莲曲》本近于歌，似乎是词和小调的混合物，腔调是很轻快的。“韵白”虽然也轻快，可是透露着一种滑稽味，和《采莲曲》不能打成一片，所以听起来总不顺耳。这种近歌的诗在白话诗里极少，几乎可以算是例外。应该怎样朗读，很不容易定；也许可用吟腔试试。不过像“韵白”这类腔调，如果作滑稽诗或无意义的诗，也可以利用。这类诗其实也是需要的。

吟特别注重音调节奏，最见出受佛经“转读”的影响（参看胡适《白话文学史》上卷二〇五至二一五面）。黄先生说：“所谓吟者，……声韵应叶，音节和谐。吟哦之际，行腔使调，至为舒缓，其抑扬顿挫之间，极尽委婉旋绕之能事。……盖吟读专以表达神韵为要。”又说：“吟读……行腔使调，较咏读为速，而比之诵读则稍缓。”（《朗诵法》一二六至一二七面）这里指出的“吟读”“诵读”的分别，确是有的；不过作者认为后者只是吟腔的变化，或者吟诵相杂，所谓吟诵之间，不必另立一类。赵元任先生在《新诗歌集》（商务版）里说过，吟律诗吟词，各地的腔调相近，吟古诗吟文就相差得多。大概律诗和词平仄谐畅，朗读起来，可以按二字一拍一字半拍停顿，每顿又都可以延长字音，每拍每顿听上去都很停匀的，所以各地差不多。古诗和文，平仄没有定律，就没有这样的客观的一致了。而散文变化更多。唐擘黄先生曾在《散文节拍粗测》（《国故新探》，商务版）里记出他朗读韩愈《送董邵南序》和苏洵《乐论》各一段的节拍。前者是二字一顿或一字一顿，如"燕赵古称多慷慨悲歌之士"便有六拍；后者大不相同，如"雨，吾见其所以湿万物也"便只两拍。唐先生说："每秒时中所念的平均字数之多少随文势之缓急而变。如上示两例，《乐论》比《送董序》每秒平均字数多一倍（前者每秒平均二四字，后者一二字）；而它的文势也比《送董序》急得多。文势的缓急是关乎文中所表的情境。"——散文有时得吟，有时得吟诵；黄先生以为诸子专集等等和"四书"同宜于诵，而将吟限于绝律诗、词曲等，似乎不合于实际情形。

"五四"以来，人们喜欢用"摇头摆尾的"去形容那些迷恋古文的人。摇头摆尾正是吟文的丑态，虽然吟文并不必须摇头摆尾。从此青年国文教师都不敢在教室里吟诵古文，怕人笑话，怕人笑话他落伍。学生自然也就有了成见。有一回清华大学举行诵读会，有吟古文的节目。会后一个高才生表示这节目无意义，他不感兴趣。那时是民国二十几年了，距离"五四"已经十几年了。学校里废了吟这么多年，即使是大学高才生，有了这样成见，也不足怪的。但这也是教学上一个大损失。古文和旧诗、词等都不是自然的语言，非看不能知道它们的意义，非吟不能体会它们的口气——不像白话诗文有时只听人家读或说就能了解欣赏，用不着看。吟好像电影里的“慢镜头”，将那些不自然的语言的口气慢慢显示出来，让人们好捉摸着。桐城派的因声求气说该就是这个意思。钱基博先生给《朗诵法》作序，论因声求气法最详尽，值得参考。他引姚鼐的话：“大抵学古文者，必要放声疾读，只久之自悟；若但能默看，即终身作外行也。”（见《尺牍·与陈硕士书》）。又引曾国藩的话：“如《四书》《诗》《书》《易经》《左传》《昭明文选》，李、杜、韩、苏之诗，韩、欧、曾、王之文，非高声朗读则不能得其雄伟之概，非密咏恬吟[①]则不能探其深远之趣。二者并进，使古人之声调拂拂然若与我之喉舌相习，则下笔时必有句调凑赴腕下，自觉琅琅可诵矣。”（见《家训·字谕纪泽》）这都是很精当的。现在多数学生不能欣赏古文旧诗、词等，又不能写作文言，不会吟也不屑吟恐怕是主要的原因之一。作者虽不主张学生写作文言，但按课程标准说，多数学生的这两种现象似乎不能不算是教学上的大损失。近年渐渐有人见到这个道理，重新强调吟的重要；如夏丏尊、叶圣陶二先生的《文心》里便有很好的意见——他们提议的一些吟古文的符号也简单切实。作者主张学校里恢复从前范读的办法，吟、读、说并用。

①密咏恬吟：形容恬静地吟咏。

黄先生所谓“讲读”，是“以说话谈论之语调出之”（《朗诵法》一二八面），只当得作者的“说”类。赵元任先生论白话诗也说过：“白话诗不能吟，……是本来不预备吟的；既然是白话诗，就是预备说的，而且不是像戏台上道白那么印板式的说法，……乃是照最自然最达意表情的语调的抑扬顿挫来说的。”（《新诗歌集》）他们似乎都以为白话诗文本于口语，只要说就成。但口语和文字究竟不能一致，况且白话诗文还有多少欧化的成分，一时也还不能顺口地说出。因此便不能不有“读”的腔调。从前宣读诏书，现在法庭里宣读判词，都是读的腔调。读注重意义，注重清楚，要如朱子所谓“舒缓不迫，字字分明”。不管文言、白话，都用差不多的腔调。这里面也有抑扬顿挫，也有口气，但不显著，每字都该给予相当分量，不宜滑过去。整个的效果是郑重，是平静。现在读腔是大行了，除恭读《总理遗嘱》外，还有宣读国民公约、宣读党员守则等；后两者听众并须循声朗读。但这些也许因为读得太熟，听得太熟了，不免有读得太快、太模糊的时候，似乎不合于读的本意。这些都是应用的文言；一切应用的文言都只宜于读。这也关涉到语文的教学。至于白话诗文，向来是用读腔的。赵元任先生的国语留声机片便是如此。他所谓“说”，和黄先生所谓“讲读”，恐怕也就是作者所谓“读”。这也难怪，白话文里纯粹口语原很少，戏剧能用纯粹口语的，早期只有丁西林先生，近年来才多起来。赵、黄两先生似乎只注意到白话诗文本于口语，虽不是纯粹口语，按理想总该是“预备说的”。可是赵先生实地试验起来，便觉有时候并不能那么“最自然”地“说”了，他于是只好迁就着“读”。可是他似乎还想着那也是“说”，不过不是“最自然”的罢了。赵先生说起戏台上的道白。戏台上道白有艺术白和自然白（？）的分别。艺术白郑重，可以说与“读”相当；自然白轻快，丑角多用它，和“说”也有些相像。——白话诗文自当以读为主。

早期白话诗文大概免不了文言调，并掺入欧化调，纯粹口语成分极少。后来口语调渐渐赶掉了文言调，但欧化调也随着发展。近年运用纯粹口语——国语，北平话——的才多些，老舍先生是一位代表，但比较起来还是少数。老舍先生的作品富于幽默的成分，“说”起来极有趣味。抗战前北平朱孟实先生家里常有诵读会，有一回一位唐宝钦先生“说”老舍先生的《一天》，活泼轻快，听众都感兴趣，觉着比单是阅读所得的多——已经看过原文的觉得如此，后来补看原文的也觉得如此。作者在清华大学一个集会里也试过浑家先生的《奉劝大爷》（二十五年二月三日《立报》），那是讽劝胡汉民先生的。听众也还感觉趣味。这两篇文都短而幽默。非幽默的长文，作者也在清华诵读会里试说过一回。那是作者自己的《给亡妇》。这篇文是有意用口语写的，但不敢说纯粹到什么程度。说的当儿一面担心时间来不及，一面因为自己说自己的文字有些不好意思，所以说得很快，有点草草了事似的，结果没有能够引起听众的特别注意。作者以为这种文字若用的真是纯粹口语，再由一个会说的人来说，至少可以使听众感到特别真切。至于用口语写的白话诗，大家最容易想起的该是徐志摩先生的那些“无韵体”的诗。作者觉得那些诗用的可以算是纯粹口语。作者曾在清华的诵读会里试说过他的《卡尔佛里》一首。一面是说得不好，一面也许因为题材太生疏吧，失败了。但是还值得试别首，作者想。还有赵元任先生贺胡适之先生四十生日的诗（十九年十二月十八日北平《晨报》），用的道地的北平话，很幽默的，说起来该很好。徐先生还写过一首他的方言（硖石）诗，《一条金色的光痕》，是一个穷老婆子给另一个死了的穷老婆子向一位太太求帮衬的一番话。作者听过他的小同乡蒋慰堂先生说这首诗，觉得亲切有味。因此想起康白情先生的《一封未写完的信》那首诗，信文大部分用的是口语，有些是四川话；作者想若用四川腔去说，该很好。

早期的戏剧，只有丁西林先生的作品演出时像是话，别的便不免有些文气或外国语气，不像真的。近年来戏剧渐渐发展，抗战以后更盛，像话的对话才算成立了。曹禺先生当然是一位很适当的代表。不久得见陈白尘先生的《结婚进行曲》，觉得那前几幕里的对话自然活泼，好像有弹性似的，值得特别注意。戏剧是预备演的，对话得是“最自然”的，所以非用纯粹口语不可。戏剧虽然不只是预备说的，但既然是“最自然”的对话，当然最适于说；要训练说腔，戏剧是最适合的材料——小说和散文里虽然也有对话，可是纯粹口语比较少。戏剧的发展可以促进说的发展。不过大部分白话诗文还是只宜于读。就白话文作品而论，读是主腔，说是辅腔；我们自当更着重在读上。

现在的诗歌朗诵，其实是朗读。作者还没有机会参加过这一类朗诵会，但曾请老舍先生读过《剑北篇》的一段和《大地龙蛇》里那段押韵的对话。听的所得比看的所得多而且好。特别是在看的时候总觉得那些韵脚太显著，仿佛凸出纸面上似的刺眼，可是听的时候只觉得和谐，韵脚都融化在句子里好像没有了一般。老舍先生不像吟旧诗、词等的样子重读韵脚，而是照外国诗的读法顺着辞气读过去。再说《剑北篇》原用大鼓调句法，他却只读不吟唱，大概是只要郑重和平静的效果的缘故。——读的用处最广大，语文教学上应该特别注重它。现在的学生只在小学里学会了诵，吟、读、说都不曾学。诵在离开小学后恐怕简直用不着；读倒是常常用着。黄先生说到教室内的国文教学，学生“起立读文，……每因害羞，辄以书掩面，草草读毕；或因胆怯，吞吐嗫嚅，期期不能出诸口；偶或出声，亦细微不可辨”（《朗诵法》一三六面）。这是实在情形，正是没有受过读的训练的结果。作者主张小学的国语教学应该废诵重读，兼学吟和说；大中学也该重读，恢复吟，兼学说。有人或许觉得读和说不便于背。其实这是没有根据的成见。作者曾试过背读白话诗，觉得至少不比背吟古体诗难。至于背说，演员背戏词也是眼前的例子；还有中小学生背演说的也常见。——语文教学里训练背说，便可以用剧本做材料，让学生分任角色说对话，那么，背起来就更容易了。

论诵读[1]

所谓诵读一事，也便只有用话的语调（平常说话的语调）去读的一途了。

——编者注

最近魏建功先生举行了一回“中国语文诵读方法座谈会”，参加的有三十人左右，座谈了三小时，大家发表的意见很多。我因为去诊病，到场的时候只听到一些尾声。但是就从这短短的尾声，也获得不少的启示。昨天又在北平《时报》上读到李长之先生的《致魏建功先生书》，觉得很有兴味。自己在接到开会通知的时候也曾写过一篇短文，说明诵读教学可以促进“文学的国

①本篇最初刊于1947年2月9日天津《大公报·星期文艺》。

语”的成长，现在还有些补充的意见，写在这里。

抗战以来大家提倡朗诵，特别提倡朗诵诗。这种诗歌朗诵战前就有人提倡。那时似乎是注重诗歌的音节的试验；要试验白话诗是否也有音乐性，是否也可以悦耳，要试验白话诗用哪一种音节更听得入耳些。这种朗诵运动为的是要给白话诗建立起新的格调，证明它的确可以替代旧诗。战后的诗歌朗诵运动比战前扩大得多，目的也扩大得多。这时期注重的是诗歌的宣传作用、教育作用，尤其是团结作用，这是带有政治性的。而这种朗诵，边诵边表情，边动作，又是带有戏剧性的。这实在是将诗歌戏剧化。戏剧化了的诗歌总增加了些什么，不全是诗歌的本来面目。而许多诗歌不适于戏剧化，也就不适于这种朗诵。所以有人特别写作朗诵诗。战前战后的朗诵运动当然也包括小说散文和戏剧，但是特别注重诗；因为是精练的语言，弹性大，朗诵也最难。

朗诵的发展可以帮助白话诗文的教学，也可以帮助白话诗文的上口，促进“文学的国语”成长。但是两个时期的朗诵运动，都并不以语文教学为目标；语文教学实际上也还没有受到很大的影响。现在魏建功先生，还有黎锦熙先生，都在提倡诵读教学，提倡向这一方面的自觉的努力，这是很好的。这不但与朗诵运动并行不悖，而且会相得益彰。黎先生提倡的诵读教学，据报上他的谈话，似乎注重白话，魏先生的座谈，却包括文言。这种诵读教学自然是以文为主，不以诗为主；因为教材是文多，习作也是文多，应用还是文多。这就和朗诵运动的出发点不一样。

诵读是一种教学过程，目的在培养学生的了解和写作的能力。教学的时候先由教师范读，后由学生跟着读，再由学生自己练习着读，有时还得背诵。除背诵外却都可以看着书。诵读只是诵读，看着书自己读，看着书听人家读，只要做过预习的工夫，当场读得又得法，就可以了解的，用不着再有面部表情和肢体动作。这和战前的朗诵差不多，只是朗诵时听众看不到原作；和战后的朗诵却就差得多。朗诵是艺术，听众在欣赏艺术。诵读是教学，读者和听者在练习技能。这两件事目的原不一样。但是朗诵和诵读都是既非吟，也非唱，都只是说话的调子，这可是一致的。

吟和唱都将文章音乐化，而朗诵和诵读却注重意义，音乐化可以将意义埋起来，或使意义滑过去。战前的朗诵固然可以说是在发现白话诗的音乐性，但是有音乐性不就是音乐化。例如一首律诗，平仄的安排是音乐性，吟起来才是音乐化，读下去就不是的。现在我们注重意义，所以不要音乐化，不要吟和唱。我在别处说过“读”该照宣读文件那样，但是这句话还未甚显明。李长之先生说得才最干脆，他说“所谓诵读一事，也便只有用话的语调（平常说话的语调）去读的一途了”。宣读文件其实就用的是说话的语调。

诵读虽然该用说话的调子，可究竟不是说话。诵读赶不上说话的流畅，多少要比说话做作一些。诵读第一要口齿清楚，吐字分明。唱曲子讲究咬字，诵读也得字字清朗，尽管抑扬顿挫，清朗总得清朗的。李长之先生注重词汇的读出，也就是这个意思。座谈会里潘家洵先生指出私塾儿童读书固然有两字一顿的，却也有一字一顿的；如“孟——子——见——梁——惠——王”之类的读法，我们是常常可以听到的。大概两字一顿是用在整齐的句法上，如读《千字文》《百家姓》《龙文鞭影》《幼学琼林》《千家诗》之类；一字一顿是用在参差的句法上，如读“四书”等。前者是音乐化，后者逐字用同样强度读出，是让儿童记清每一个字的形和音，像是强调的说话。这后一种诵读，机械性却很大，不像说话那样可以含糊几个字甚至吞咽几个字而反有姿态，有味儿。我们所要的字字清朗的诵读，性质上就近于这后一种，不过顿的字数不一定，再加上抑扬顿挫，跟说话多相像一些罢了。

用说话的调子诵读白话文，自然该最像说话，虽然因为言文总有些分别，不能等于说话。但是现在的白话文是欧化了的，诵读起来也还不能很像说话。相信诵读教学切实施行若干时后，诵读可以帮助变化说话的调子；那时白话文的诵读虽然还是不能等于说话，总该差不离儿了。诵读白话诗，现在是更不像说话；因为诗是精练的说话，跟随心信口的说话本差着些程度，加上欧化，自然要差得更多。用说话的调子读文言，不论是诗是文，是骈是散，自然还要差得多；但是比吟或唱总近于说话些。从前学习文言乃至欣赏文言，好像非得能吟会唱不可。我想吟唱固然有益，但是诵读也许帮助更大。大概诗词曲和骈文，音乐性本来大些，音乐化地去吟唱可以获得音乐方面的受用，但是在了解和欣赏意义上，吟唱是不如诵读的。至于所谓古文，本来基于平常说话的调子，虽然因为究竟不是口头的语言，不妨音乐化地去吟唱，然而受用似乎并不大；倒是诵读能见出这种古文的本色。所以就是文言，也还该以说话调的诵读为主。但是诵读总得多读熟读，才有效用；“曲不离口”，诵读也是一样道理。

诵读口语体的白话文（这种也可以称为白话），还有诵读小说里的一些对话和话剧，应该就像说话一样，虽然也还未必等于说话。说是未必等于说话，因为说话有声调，又多少总带着一些面部表情和肢体动作，写出来的说话虽然包含着这些，却不分明。诵读这种写出来的说话，得从意义里去揣摩，得从字里行间去揣摩。而写的人虽然想着包含那些，却也未必能包罗一切；揣摩的人也未必真能尽致。这就未必相等了。所以认真地演出话剧，得有戏谱，详细注明声调等等。李长之先生提到的赵元任先生的《最后五分钟》就是这种戏谱。有了这种戏谱，还得再加揣摩。但是舞台上的台词也还是不等于平常的说话。因为台词不但是戏中人在对话，并且是给观众听的对话，固然得流畅，同时也得清朗。所以演戏需要专业的训练，比诵读难。

写的白话不等于说话，写的白话文更不等于说话。写和说到底是两回事。文言时代诵读帮助写的学习，却不大能够帮助说的学习；反过来说话也不大能够帮助写的学习。这时候有些教育程度很高的人会写却说不好，或者会说却写不好，原不足怪。

可是，现下白话时代，诵读不但可以帮助写，还可以帮助说，而说话也可以帮助写；可是会写不会说和会说不会写的人还是有。这就见得写和说到底是两回事了。大概学写主要得靠诵读，文言白话都是如此；单靠说话学不成文言也学不好白话。现在许多学生很能说话，却写不通白话文，就因为他们诵读太少，不懂得如何将说话时的声调等等包含在白话文里。他们的作文让他们自己念给别人听，蛮对，可是让别人看就看出不通来了。他们会说话到一种程度，能以在诵读自己作文的时候，加进那些并没有能够包含在作文里的成分去，所以自己和别人听起来都合式；他们自己看的时候，也还能够如此。等到别人看，别人凭一般诵读的习惯，只能发挥那些作文里包含得有的，却不能无中生有，这就漏了。至于学说话，主要的得靠说话；多读熟白话文，多少有些帮助，多少能够促进，可是主要的还得靠说话。只注重诵读和写作而忽略了说话，自然容易成为会写而说不好的人。至于李长之先生提到鲁迅先生，又当别论。鲁迅先生是会说话的，不过不大会说北平话。他写的是白话文，不是白话。长之先生赞美座谈会中顾随先生读的《阿Q正传》，说是“觉得鲁迅运用北平的口语实在好极了”。我当时不在场，想来那恐怕一半应该归功于顾先生的诵读。

再说用说话的调子诵读白话诗，那是比诵读白话文更不等于说话。如上文所说诗是精练的语言，跟平常的说话自然差得多些。精练靠着暗示和重叠。暗示靠新鲜的比喻和经济的语句；重叠不是机械的，得变化，得多样。这就近乎歌而带有音乐性了。这种音乐性为的是集中注意的力量，好像电影里特别的镜头。集中了注意力，才能深入每一个词汇和语句，发挥那蕴藏着的意义，这也就是诗之所以为诗。白话诗却不要音乐化，音乐化会掩住了白话诗的个性，磨损了它的曲折处。白话诗所以不会有固定的声调谱，我看就是为此。白话诗所以该用说话调诵读，也是为此。一方面白话诗也未尝不可以全不带音乐性而直用平常说话的调子写作。但是只宜于短篇如此。因为短篇的精练可以不靠重叠，长些的就不成。苏俄的玛耶可夫斯基的诗，按说就只用平常说话的调子，却宜于朗诵。他的诗就是短篇多，国内也有向这方面努力的，田间先生就是一位。这种诗不用说更该用说话调诵读，诵读起来也许跟口语体的白话文差不多，但要强调些。因为篇幅短，要是读得太流畅，一下子就完了，没有了，所以得滞实[①]些才成。其实诗的诵读一般的都得滞实些。一方面有弹性，一方面要滞实，所以难。两次朗诵运动都以诗为主，在艺术上算是攻坚。但是诵读只是训练技能，还该从容易的文的诵读下手。

①滞实：此处意为，（诵读时）语速放缓，咬字清晰有力。下文同。

诵读教学[1]

作文与说话失去了联系，
文字和语言脱了节。
——编者注

前天北平报上有黎锦熙先生谈国语教育的一段记载：“他认为现在教育成绩最坏的是国文，其原因，第一在忽视诵读技术。……他于二十年前曾提倡新文学运动，也曾经提倡过欧化的文句。可是文法组织相当精密，没有漏洞。现在中学生作文与说话失去了联系，文字和语言脱了节。文字本来是统一的，语言一向是纷歧[2]的。拿纷歧的语言来写统一的文字，自然发生这种畸

①本篇最初刊于1946年12月2日北平《新生报·语言与文学》。

②纷歧：意为混乱不一致。下文同。

形的病象。因此训练白话文的基本技术，应有统一的语言，使纷歧的个别的语言先加以统一的技术训练。所以大原则就是训练白话文等于训练国语。所谓‘耳治’‘口治’‘目治’这诵读教学三部曲，日渐纯熟，则古人的‘一目十行’‘七步成诗’并非难事。”这一段记载嫌笼统，不能使我们确切地了解黎先生的意思，但他强调“作文与说话失去了联系，文字和语言脱了节”，强调“诵读教学”，值得我们注意。

所谓“作文与说话失去了联系”，是指写作白话文而言。照上下文看，“失去联系”似乎指作文过分欧化，或者夹杂方言。过分欧化自然和语言脱节，夹杂方言是拿“纷歧的个别的语言”来搅乱统一的国语，也就是和国语脱节。欧化是中国现代文化的一般动向，写作的欧化是跟一般文化配合着的。欧化自然难免有时候过分，但是这八九年来在写作方面的欧化似乎已经能够适可而止了。照上下文看，黎先生好像以文法组织严密为适当的欧化的标准。但是一般中国文法书都还在用那欧语的文法做蓝本，在这个意义之下的“文法组织严密”，也许倒会使欧化过分的。这种标准其实还得仔细研究，现时还定不来。可是我们却能觉察到近些年写作的欧化的确是达到了适可而止的地步。虽然适可而止，欧化总还是欧化，写作和说话总还在脱节。这个要等时候，加上“诵读教学”的帮忙，会渐渐习惯成自然，那时候看上眼顺的，念上口也会顺了，那时候“耳治”“口治”“目治”就一致了。

夹杂方言却与欧化问题不一样。从写作的本人看无论是否中学生，他的文字里夹些方言，恐怕倒觉得合拍些。在读者一面，只要方言用得适当，也会觉得新鲜或别致。这不能算是脱节。我虽然赞成定北平话为标准语，却也欣赏纯方言或夹方言的写作。近些年用四川话写作的颇有几位作家，夹杂四川话或西南官话的写作更多，有些很不错。这个丰富了我们的写的语言；国语似乎该来个门户开放政策，才能成其为国语。

我倒觉察到一些学生作文，过分的依照自己的那“纷歧的个别的语言”，而不知道顾到“统一的文字”。这些学生的作文自己读、自己听很顺，自己读、别人听也顺，可是别人读就不顺了。他们不大用心诵读别人的文字，没有那“统一的文字”的意念，只让自己的语言支配着，所以就出了毛病。这些学生可都是相当的会说话的；要不然，他自己读的时候别人听起来就不会觉得顺了。从一方面看，这是作文赶不上说话，算是脱节也未尝不可。这些学生该让他们多多用心诵读各家各派的文字，获得那“统一的文字”的调子或语脉——叫文脉也成。这里就见得“诵读教学”的重要了。

现在流行朗诵，朗诵对于说话和作文也有帮助，因为练习朗诵得咬嚼文字的意义，揣摩说话的神气。但是也许更着重在揣摩上。朗诵其实就是戏剧化，着重在动作上。这是一种特别的才能，有独立性；作品就是看来差些，朗诵家凭自己的才能也还会使听众赞叹的。诵读和朗读却不相同。称为“读”就着重在意义上，“读”字本作抽出意义解，读白话文该和宣读文件一般，自然也讲究疾徐高下，却以清朗为主，用不着什么动作。有些白话文有意用说话体，那就应该照话那么“说”；“说”也是清朗为主，有时需要一些动作，也不多。白话文需要读的却比需要说的多得多，所以读、朗读或诵读更该注重。诵读似乎不难训练，读了白话文去背也并不难。只是一般教师学生用私塾念书的调子去读，或干脆不教学生读，以为不好读或不值得读。前者歪曲了白话文，后者也歪曲了白话文，所谓过犹不及。要增进学生了解和写作白话文的能力，是得从正确的诵读教学下手，黎先生的见解是不错的。

论诗学门径[1]

所谓诗，单靠自己琢摸，
究竟不成。

——编者注

本文所谓诗，专指中国旧体诗而言；所谓诗学，专指关于旧诗的理解与鉴赏而言。

据我数年来对于大学一年生的观察，推测高中学生学习国文的情形，觉得他们理解与鉴赏旧诗比一般文言困难，但对于诗的兴味却比文大。这似乎是一个矛盾，其实不然。他们的困难在意义，他们的兴味在声调；声调是诗的原始的也是主要的效用，所

①本篇最初刊于1931年《中学生》第15号。

以他们虽觉难懂，还是乐意。他们更乐意读近体诗；近体诗比古体诗大体上更难理解，可是声调也更谐和，便于吟诵，他们的兴味显然在此。

这儿可以看出吟诵的重要来。这是诗的兴味的发端，也是诗学的第一步。但偶然的随意的吟诵是无用的；足以消遣，不足以受用或成学。那得下一番切实的苦功夫，便是记诵。学习文学而懒于记诵是不成的，特别是诗。一个高中文科的学生，与其囫囵吞枣或走马观花地读十部诗集，不如仔仔细细地背诵三百首诗。这三百首诗虽少，是你自己的；那十部诗集虽多，看过就还了别人。我不是说他们不应该读十部诗集，我是说他们若不能仔仔细细读这些诗集，读了还不和没读一样！

中国人学诗向来注重背诵。俗语说得好："熟读唐诗三百首，不会吟诗也会吟。"我现在并不劝高中的学生作旧诗，但这句话却有道理。"熟读"不独能领略声调的好处，并且能熟悉诗的用字、句法、章法。诗是精粹的语言，有它独具的表现法式。初学觉得诗难懂，大半便因为这些法式太生疏之故。学习这些法式最有效的方法是综合，多少应该像小儿学语一般；背诵便是这种综合的方法。也许有人想，声调的好处不需背诵就可领略，仔细说也不尽然。因为声调不但是平仄的分配，还有四声的讲究；不但是韵母的关系，还有声母的关系。这些条目有人说是枷锁，可是要说明旧诗的技巧，便不能不承认它们的存在。这些我们现在其实也还未能完全清楚，一个中学生当然无须详细知道；但他会从背诵里觉出一些细微的分别，虽然不能指名。他会觉出这首诗调子比另一首好，即使是平仄一样的律诗或绝句，这在随便吟诵的人是不成的。

现在的中学生大都不能辨别四声，他们也没有“韵”的观念。这样便不能充分领略诗的意味。四声是平、上、去、入四种字调，最好幼时学习，长大了要难得多。这件事非理论所能帮助，只能用诵读《四声等韵图》（如东、董、冻、笃之类；《康熙字典》卷首有此图）或背诵近体诗两法学习。诵读四声图最好用自己方音；全读或反复读一行（如东、董、冻、笃）都可。但须常读，到任举一字能辨其声为止。这方法在成人也是有效的，有人用过；不过似乎太机械些。背诵近体诗要有趣得多，而且是一举两得的办法。近体诗的平仄有一定的谱；从那调匀的声调里，你可渐渐地辨别。这方法也有人用过见效；但我想怕只能辨别平仄，要辨别四声，还是得读四声图的。所以若能两法并用最好。至于“韵”的观念，比较容易获得，方法仍然是背诵近体诗，可是得有人给指出韵的位置和韵书的用法。这是容易说明的，与平仄之全凭天籁不同。不过单是说明，没有应用，不能获得确实的观念，所以还要靠背诵。固然旧诗的韵有时与我们的口音不合：我们以为不同韵的字，也许竟是同韵，我们以为同韵的字，也许竟会不同韵；但这可以预先说明。好在大部分不致差得很远；我们只要明白韵的观念，并非要辨别各字的韵部，这样也就行了。我只举近体诗，因为古体诗用韵较不整齐，又往往换韵，而所用韵字的音与现在相差也更远。至于韵即今日所谓母音或元音，同韵字即同母音或元音的字，押韵即将此类字用在相“当”的地位，这些想是中学生诸君所已知道的。

记诵只是诗学的第一步。单记诵到底不够的；须能明白诗的表现方式，记诵的效才易见。诗是特种的语言，它因音数（四五七言是基本音数）的限制，便有了特种的表现法。它须将一个意思或一层意思或几层意思用一定的字数表现出来；它与自然的散文的语言有时相近，有时相远，但绝不是相同的。它需要艺术的功夫。近体诗除长律外，句数有定，篇幅较短，有时还要对偶，所以更其是如此。固然，这种表现法，记诵的诗多了，也可比较同异，渐渐悟出；但为时既久，且未必能鞭辟入里。因此便需要说诗的人。说诗有三种：注明典实、申述文义、评论作法。这三件就是说，用什么材料，表什么意思，使什么技巧。上两件似乎与表现方式无涉；但不知道这些，又怎能看出表现方式？也有些诗是没什么典实的，可是文义与技巧总有待说明处；初学者单靠自己琢摸，究竟不成。我常想，最好有“诗例”这种书，略仿俞曲园《古书疑义举例》的体裁，将诗中各种句法或辞例，一一举证说明。坊间诗学入门一类书，也偶然注意及此，但太略、太陋，无甚用处。比较可看而又易得的，只有李锳《诗法易简录》（有铅印本）、朱宝莹《诗式》（中华书局铅印）。《诗法易简录》于古体诗，应用王士祯、赵执信诸家之说，侧重声调一面，所论颇多精到处。于近体诗专重章法，简明易晓，不作惝恍迷离语，也不作牵强附会语。《诗式》专取五七言近体，皆唐人清新浅显之作，逐首加以评语注释。注释太简陋，且不免错误；评语详论句法章法，很明切，便于初学。书中每一体（指绝句、律句）前有一段说明，论近体声调宜忌，能得要领。初学读此书及前书后半部，可增进对于近体诗的理解力与赏鉴力。至于前书古体一部分，却宜等明白四声后再读；早读一定莫名其妙。

此外宜多读注本，评本。注本易芜杂，评本易肤泛笼统，选择甚难。我是主张中学生应多读选本的，姑就选本说吧。唐以前的五言诗与乐府，自然用《文选》李善注（仿宋胡刻《文选》有影印本）；刘履的《选诗补注》（有石印本）和于光华的《文选集评》（石印本名《评注昭明文选》）也可参看。《玉台新咏》（吴兆宜笺注；有石印本）的重要仅次于《文选》；有些著名的乐府只见于此书；又编者徐陵在昭明太子之后，所以收的作家多些。沈德潜《古诗源》也可用，有王莼父笺注本（崇古书社铅印），但笺注颇有误处。唐诗可用沈氏《唐诗别裁集》（有石印本），此书有俞汝昌引典备注（刻本），是正统派选本。另有五代韦縠《才调集》，以晚唐为宗，有冯舒、冯班评语，简当可看（有石印本）；殷元勋、宋邦绥作笺注，石印本无之。以上二书，兼备众体。元好问的《唐诗鼓吹》专选中晚唐七律；元是金人，当然受宋诗的影响，他是别出手眼去取的。此书有郝天挺注，廖文炳解，钱谦益、何焯评（文明书局石印。有人说这是伪书，钱谦益曾作序辨之；我得见姚华先生所藏元刊本诸序，觉得钱氏所说不误）。另有徐增《而庵说唐诗》（刻本），颇能咬嚼文字，启人心思，也是各体都有。宋诗选本有注者似甚少。七古可看闻人倓《古诗笺》（王士祯原选）；七律可看赵彦博《宋今体诗钞注略》（姚鼐有《今体诗钞》，此书只注宋代诸作）。但前书价贵些，后书又少见。张景星《宋诗百一选》（石印本，在《五朝诗别裁集》中）备各体，可惜没有注。选集的评本，除前已提及的外，最多最著名的要算纪昀《瀛奎律髓刊误》。纪氏论诗虽不免过苛，但剖析入微，耐人寻味，值得细看。又文明书局有《历代诗评注读本》（分古诗、唐诗、宋元明诗、清诗），也还简明可看。至于汉以前的诗，自然该读《诗经》《楚辞》。《诗经》可全读，用朱熹集传就行；《楚辞》只需读屈、宋诸篇，也可用朱熹集注。

诗话可以补注本、评本之不及，大抵片段的多，系统的少。章学诚分诗话为论诗及事与及辞两种，最为明白。成书最早的诗话，要推梁钟嵘的《诗品》（许文玉《诗品释》最佳，北京大学出版部代售），将汉以来五言诗作者分为上中下三品，所论以辞为主。到宋代有“诗话”之名，诗话也是这时才盛。我只举魏庆之《诗人玉屑》及严羽《沧浪诗话》两种。前者采撷南宋诸家诗话，分类编成，能引人入胜；后者始创“诗有别材别趣”之说，影响后世甚大（均有石印本，后者并有注）。袁枚的《诗法丛话》（有石印本）也与《诗人玉屑》同类，但采撷的范围直至清代。至于专论诗话的，有郭绍虞先生的《诗话丛话》，见《小说月报》二十卷一、二、四诸号中，可看。诗话之外，若还愿意知道一些诗的历史，我愿意介绍叶燮《原诗》（见《清诗话》，文明书局发行）；《原诗》中论诗学及历代诗大势，都有特见。黄节先生《诗学》要言不烦，只是已绝版。陆侃如先生《中国诗史》听说已由大江书铺付印，那将是很好的一部诗史，我念过其中一部分。此外邵祖平《唐诗通论》（《学衡》十二期）总论各节都有新意；许文玉《唐诗综论》（北京大学出版部代售）虽琐碎而切实，均可供参考。宋诗有庄蔚心《宋诗研究》（大东书局），材料不多，但多是有用的原料；较《小说月报》"中国文学研究"中陈延杰《宋诗的派别》一文要好些。再有，胡适先生《白话文学史》和《国语文学史》中论诗诸章，以白话的立场说旧时趋势，也很值得一读的。

附注　文中忘记说及顾实的《诗法捷要》一书（上海医学书局印）。这本书杂录前人之说（如方回《瀛奎律髓》、周弼《三体唐诗》等），没有什么特见，但因所从出的书有相当价值，所以可看。书分三编：前编论绝句，中编论律诗，均先述声律，次列作法，终举作例；后编专论古诗声韵。初学可先看前两编。

了解与欣赏[1]

——这里讨论的是关于了解与欣赏能力的训练

必须有了咬文嚼字的教学培养后，

才能真正达到不求甚解的境界。

——编者注

了解与欣赏为中学国文课程中重要的训练过程。儿童从小就能对于语言渐渐地了解，不过对于文字的了解必须加以强制学习的训练。成年人平时读书阅报大都是采取一种“不求甚解”的态度。这是一般综合的、实用的态度。但在国文教学，教师准备时，必须字字查清楚，弄明白。学生呢，在学习时也必须字字

---

①选自1943年《国文月刊》第20期，署“朱自清先生讲，叶金根整理”。

求了解。这与一般不求甚解的态度刚好相反，然而不求甚解的那份能力正是经过分章析句的学习过程而得到的，必须有了咬文嚼字的教学培养后，才能真正达到那种不求甚解的境界，没有经过一番文字分析的训练，欲不求甚解，也不易得呢。通常教授国文的，大都很注重字义。实在除掉注重字义的办法以外，还应当顾及下面的几种分析的方法。

一、句子的形式（句式）

某种特殊句子的形式，不仅是作者在技巧方面的表现，也是作者别有用心处。讲解国文时必须加以说明。例如鲁迅先生的《秋夜》的开端：

在我的后园，可以看见墙外有两株树，一株是枣树，还有一株也是枣树。

这不是普通的叙说，句子的形式很特殊，给人一种幽默感。作者存心要表现某种特殊的情感。这儿开始就显示出一个太平凡的境界，因为鲁迅先生所见到的窗外，除掉两株枣树，便一无所见。更使人厌倦的是人坐在屋里，一抬头望窗外，立刻映入眼帘的东西，就只是两株枣树，爱看也是这些，不爱看也是这些，引起人腻烦的感觉。一种太平凡的境界，用不平凡的句式来显示，是修辞上的技巧。明白了这两句的意思与作用，就兼有了了解与欣赏。又如同篇：

这上面的夜的天空，奇怪而高……

这是作者在文字排列上用功夫，两句都不是普通的说法。上半句表现两层意思：（一）枣树上的天空，（二）夜的天空。两层意思而用一单位表示，是修辞上的经济办法。文字的经济便是一种文学的技巧。平常的语言，可有两式：

夜间这上面的天空……

上面的天空在夜间……

读起来便都有了停顿，时间上显得十分不经济，意思也没有原句透露。下半句“奇怪而高”，口语中常说“高而奇怪”，单词习惯大多放在前面。现在说“奇怪而高”，句法就显得别致，作者在这里便用来表示秋夜天空的特殊。

二、段落

写段落大意是中学国文课上常用的方法。但通常只把各段的大意写出，而于全文分段的作用与关系，往往缺少综合的说明。教师指导学生写段落大意，每段大意，常只用一二句话表示。这里便应当注意语句间的联络，要能显出原文的组织和发展的次序。

三、主旨

教师必须提醒学生注意一篇文章中足以代表全文主旨的重要语句，和指导学生研究全文主旨如何发展。古人称文章中重要的语句为“警句”。警句往往是全篇的线索。读一篇文章最要紧的事便是要能找到线索。文章的线索作者往往把它隐寓在文中的一二句重要的语句里面，例如龚自珍《说居庸关》，“疑若可守然”五字是全文的主旨所在，教师便须注意此主旨的发展。

四、组织

文章组织的变化，也是作者在技巧上用的功夫，说明这种文章组织的变化，是了解与欣赏范围内极重要的事。例如上举《说居庸关》，“疑若可守然”五字，一段中连用五次；又“自入南口”连用六次。这是叠句法，亦是关键语，在组织上增加一种节奏。最后三小段文章最堪注意，在整齐的组织中寓有变化。末两段一写蒙古人，一写漏税，指出间道，均逼出居庸关之不足守，与前文相应答。这是组织上的一种变化，读者容易忽略过去的，教时应当加以说明。中间写遇到蒙古人，说了一大段，表示清朝的威严，作者是用赞叹的口气。

五、词语

在一篇文章中应当注意作者惯用的词语和词语的特殊意义。例如上举《说居庸关》中“蒙古”一词指的是蒙古人。

六、比喻、典故、例证

先讲比喻。

康白情的《朝气》，内容是描写农家种植的生活，题目何以称为“朝气”呢？农家生活的描写与朝气究竟有何关系呢？这些问题教师是要暗示学生提出来详细讨论的。农家生活的描写实在是一个比喻，作者是别有寄托的。文学作品中的具体故事，往往带上一些抽象性。大概一个比喻的应用，包含三方面的意义。如《朝气》：

（一）喻依——农家的生活。

（二）喻体——劳工的趣味。

（三）意旨——由趣味的工作得到美满的结果，显示出生活中朝气的景象。这是文学上表达技巧很重要的一条原则，应当让学生区分得很清楚的。又如谢冰心的《笑》，用重复的组织，对于雨、月夜、花莲说出三个笑容，表示爱的调和。“如登仙界，如归故乡”，是极普通的比喻，但能显示出纯洁快乐的意味。

次讲典故。

古文中的用典是学生最感觉麻烦的事情。讲解古文时说明古典出处也是极占时间的。但是教师往往只说明古典本身的意义，而常忽略了这个典故在本文里的作用。这样使读者只记古典出处，便感觉乏味了，更谈不到欣赏。原来用典的作用，也是使文字经济的一种办法，作者因为要表达心中的事或情，不必完全直说，借用过去的一桩熟悉的而且与当下相关的事物来显示。

大凡文学上的典故都经过许多作家的手改造过，而成为很好的形式。因此用典的作用，一方面是使文字经济，一方面也是避免直说，增加读者的联想，使内容丰富。现代语体文中典故也是常见的。如冰心的《笑》里用“安琪儿”一词，教时也应当说明其出处。

再讲例证。

在说明文和议论文中有些时候往往遇到抽象的概念，教师在说解时必须要设法用一两个较具体的例证加以说明。如蔡元培的《雕刻》里面许多美术上的概念，教师应当设法举出浅显的实例，加以说明。又如东坡说：“画中有诗，诗中有画”，也应当举出实例，说明诗与画两者之间所以沟通的道理。

总结起来说，关于了解与欣赏应该特别注意的有三点：

一是语言的经济。注意句读顿停多少与力量是否集中。

一是比较的方法。讲散文时可用诗句作比较，讲诗时可用散文作比较。文中的语句可与口中的说话比较，读鲁迅先生的《秋夜》，便可与叶绍钧先生的《没有秋虫的地方》比较。比较的方法对于了解与欣赏是极有帮助的。

一是文字的新变。一个作家必须要能深得用字的妙趣，古人称为“炼字”，便是指作家用字时打破习惯而变新的地方，教师就也要在这方面求原文作者的用心。

训练的方法，除教师讲解外，在学生方面，熟读的功夫是不可少的。吟诵与了解极有关系，是欣赏必经的步骤。吟诵时对于写在纸上死的语言可以从声音里得其意味，变成活的语气。不过在朗诵时，要能分辨语气的轻重，要使声调有缓急，合于原文意思发展的节奏。注意本文的意思，不要被声音掩盖了，滑过去。默读是不出声的，偏于用眼，但也不要让意思跟了眼睛滑过去。

最后，问题的研究，在读文时是常有的事。但是问题的提出要有分量，要有意义。最好教师只居于被动地位，用暗示方法，帮助学生发现问题，解决问题。

论教本与写作[①]

教材与作文息息相关，

不能各走各路。

——编者注

叶圣陶先生在《国文教学的两种基本观念》（四川省教育厅《中等教育季刊》创刊号）里说：

其实国文所包的范围很宽广，文学只是其中一个较小的范围。文学之外，同样被包在国文的大范围里头的，还有非文学的文字，就是普通文字。这包括书信、宣言、报告书、说明书等

①选自作者与叶圣陶合著的《国文教学》。

等应用文，以及平正地写状一件东西、载录一件事情的记叙文，条畅地阐明一个原理、发挥一个意见的论说文。中学生要应付生活，阅读与写作的训练就不能不在文学之外，同时以这种普通文为对象。

这是对于现阶段的国文教学的最切要的意见，值得大家详细讨论。本篇想就叶先生的话加以引申，特别着重在写作的训练上。

这得从阅读说起。现在许多中学生乃至大学生对于国文教学有一种共同的不满意，就是教材和作文好像是不相关联的，在各走各的路。他们可只觉得文言教材如此。爱作白话文的，觉得文言文不能帮助他们的写作，原在意中。就是愿意学些应用的文言的，也觉得教材的文言五花八门的，样样有一点儿，样样也只有一点儿，没法依据。一般中学生对于教材的白话文，兴趣似乎好些。第一，容易懂，第二，可以学。他们的爱好却偏重在文学，就是教材的白话记叙文（包括描写文）、抒情文的部分。欣赏文学和写作文学似乎是一种骄傲，即使不足夸耀于人，也可以让自己满意。至于说明文和议论文，他们觉得干燥无味，多半忽略过去。再有，白话说明文和议论文适于选作教材的也不多；现在所选的往往只是凑数。这大概也是引不起学生兴趣的一个原因。

文言的教材，目的不外两个：一是给学生做写作的榜样或范本，二是使学生了解本国固有文化。这后一种也可以叫作古典的训练。我主张现在中等学校里已经无须教学生练习文言的写作，但古典的训练却是必要的。不过在现行课程标准未变更以前，中学生还得练习文言的写作。要练习文言的写作，一面得按浦江清先生的提议，初中时代从单句起手；一面文言教材也当着重在榜样或范本上，将古典的训练放在其次，不该像现在这样五花八门的，不该像现在这样只顾课程标准的表面，将那些深的、僻的文字都选进去。浦先生还主张将白话文和文言文分为两个课程，各有教本，各有教师。这个我也赞成。我赞成，为的这样办可以教人容易明白文言是另一种语言，而且是快死的语言。不管我的意见如何，这办法训练学生写作文言，不致像现在这样毫无效果，白费教学者的工夫，是无疑的。而施行起来，只需注意教师的分配，并不要增加教师的员额，似乎也没有多少困难。——无论怎样，文言教材总得简单化，文字要经济，条理要清楚；除诗歌专为培养文学的兴趣应该另论外，初高中都该选这种文言作教材，绝不能样样都来一点儿。这样才容易学习，学会了才可以应用。

浦先生主张将《古文观止》作为高中的文言教本，是很有道理的。清末民初的家庭里训练子弟写作文言，就还用《古文观止》或同性质的古文选本作教本。这些子弟同时也读四书五经，那却纯然是古典的训练。他们读了《古文观止》，多数可以写通文言，拿来应用。一方面固然因为他们花的工夫多，教本的关系似乎也很大。不过《古文观止》现在却不大适用了，或者说不大够用了。清末民初一般应用的文言还跟《古文观止》的主要部分——唐至明，所选的文一贯的是唐宋八家的作风——差不多。

那时报纸杂志上的文字都还打起调子，可以为证。现在可不然。杂志上文言极少见，报纸虽还多用文言，但已不大用“之乎者也矣焉哉”等虚字来表现，也就是不打起调子了。这从各报的文言的社论中最可见出。现在报纸上一般文言实在已经变得跟白话差不多，因为记录现代的生活，不由得要用许多新的词汇和新的表现方式；白话也还是用的这些词汇和表现方式。这种情形从一方面看，也许可称为文言的白话化。在这种情形下，用《古文观止》做应用的文言的范本，显然是不大够的。

但是《古文观止》还不失为一部可采用或依据的教本，因为现在应用的文言的基本句式还是出于唐宋八家文的多。我想再加两部书补充《古文观止》的不足：一是梁启超先生的《常识文范》（中华版），二是《蔡孑民先生言行录》（新潮社版）。这两部书里所收集的都是清末和民初的杂志文字。梁先生的文字比较早些，典故多些，句式也杂些，得仔细选录。蔡先生的却简明朴素，跟现行的应用的文言差不多，初中里就可以用。这部书已经绝版，值得重印。浦先生也主张“选晚清到民国的文言文”，作为另外一种读本，给学生略读。我专举这两部书，是觉得就清末民初的文言文而论，也许这两部书里适宜于中学生的教材多些。此外自然也可以选录别的。这两部书里大部分是议论文，小部分是说明文。曾国藩说古文不宜说理；古文里的说明文和议论文有不确切的毛病。这两部书的说理比古文强得多。这也是我推荐的一个原因。

还有，叶先生所说的书信、宣言、报告书、说明文等等“普通文”，也该酌量选录。这些一向称为应用文，所谓“应用”是狭义的。我觉得无须另立应用文的名目。另立名目容易使学生误会这些应用文之外，别的文都是不能应用的，因此不免忽略。而他们对于这些应用文也未必有兴趣，为的还用不着。再说教本里选一些这种应用文，只是示范，真用的时候还得去查专书。所以我觉得不如伙在别的教材一起，而使全部的文言教材主要的目的都是为了应用——这里所谓应用是广义的。课程标准里所列举的一部分也是所谓应用文，也可混合选入。清末民初的文言跟这些，都该有一部分列在精读教材里，和古文占同等地位。因为从训练写作一方面看，这两种教材比古文还更切用些。至于全部文言教材如何按照课程标准斟酌变通地去分配去安排，问题很多，本篇不能讨论。

白话文教材好像容易办些。古白话文不多，现代白话文历史很短，选材的问题自然简单些。不过白话文的发展还偏在文学一面，应用的白话文进步得很缓。记叙文（包括描写文）、抒情文，选起来还容易，说明文、议论文，就困难，经济而条理密的少，内容也往往嫌广嫌深，不适于中学生。现在教本里所选的有许多只是凑数。就是记叙文，也因篇幅关系只能选短些的，不无迁就的时候。至于其他应用的白话文，如书信等等，似乎刚在发展，还没有什么表现，自然更难选录。因此白话文教材主要的只是文学作品。而现代文学还在开创时期，成名比较容易，青年人多半想尝试一下。于是乎一般中学生的写作不约而同地走上创作的路。他们所爱读的也只是文学教材，就是记叙文和抒情文。但是二十多年来成功的固然有，失败的却是大多数。其中写不通白话文的姑不必论，有些写通了的也不能分辨文章的体裁，到处滥用文学的调子。叶先生文里说他“曾经接到过几个学生的白话信，景物的描绘与心情的抒写全像小说，却与写信的目的全不相干”。这种信只是些浮而不实的废话；滥用文学的调子只是废话而已。可是，如上文所说，这种情形不能全由学生负责，白话文的发展，所谓客观条件，也有决定的力量。

欣赏文学的兴趣和能力自然是该培养的。但是到处滥用文学的调子并不能算欣赏文学。这种兴趣是不正确的。这些学生既然不大能辨别文学和非文学的界限，他们的欣赏能力也就靠不住。欣赏得从辨别入手，辨别词义、句式、条理、体裁，都是基本。囫囵吞枣的欣赏只是糊涂的爱好，没有什么益处。真能欣赏的人不一定要自己会创作；从现在分工的时代看，欣赏和创作尽不妨是两回事儿。施蛰存先生在《爱好文学》一文（二十八年五月十八日《中央日报》昆明版）里说：“我们欢迎多数青年人爱好文学而不欢迎多数爱好文学的青年大家都动手写作（即创作）。爱好文学是表示他对于文学有感情，但要成为一个好的创作家，仅仅靠这一点点感情是不够的。”这是很确切的话。不过欣赏文学的结果，自己的写作受些影响，带些文学的趣味，却是不难的，也是很好的，虽然不是必要的。我们可以引用梁启超先生的话，说这是“笔锋常带情感”。但是不带或少带情感的笔锋只要用得经济，有条理，也可以完成写作的大部分的使命。

不过有“创作”做目标，学生对于写作的兴趣好得多；他们觉得写作是有所谓的，不只是机械的练习。固然，写作是基本的训练，是生活技术的训练——说是做人的训练也无不可。可是只这个广泛的目标是不能引起学生注意的。清末民初的家庭里注重子弟的写作，是受科举的影响。父兄希望子弟能文，可以做官。子弟或者不赞成做官这目标，或者糊里糊涂，莫名其妙，但在父兄的严切的督促之下，都只跟着走。这时期写作训练是有切近的目标的。早期的中学校章程里似乎没有课程标准。那时一般人对于国文课程的看法，一半恐怕还是科举的，一半或少数也许看作做人的训练的一部分。后来教育部定出了课程标准，国文课程的目标有一条是，“养成用语体文及语言（初中）以及文言文（高中）叙事、说理、表情、达意之技能”。这是写作的目标。课程标准里自然只能定到这个地步，但对于一般中学生，这里所定的还嫌广泛些。早期一般中学生的练习写作，是没有切近的目标的；他们既鄙弃科举的观念，也不明白做人的训练的意念。他们练习写作只是应付校章；这中间自然不少只图敷衍塞责的。但那时学校的一般管理还严，学生按时练习写作的究竟还是多数。“五四”运动以后，一般学校的管理比较松懈，有些国文教师，以及许多学生，对于写作练习都有偷懒的情形，往往有一学期只作文一二次的。有时教师连这一两回作文都不改，只悄悄地没收，让它们散失了去。可是另一面也有许多学生自己找着了写作的目标，就是创作，高兴地写下去；或按教师规定的期限，或只管自己写下去。一般地说，这二十年来中学生的白话文——特别是记叙文、抒情文方面——确有不小的进步，虽然实际上进步的还只是少数人。他们是找着了创作这个切近的目标，鼓起兴趣，有所为地写作，才能如此。

训练学生写作而不给他们指示一个切近的目标，他们往往不知道是写了给谁读的。当然，他们知道写了是要给教师读的；实际也许只有教师读，或再加上一些同学和自己的父兄。但如果每回写作真都是为了这几个人，那么写作确是没有多大趣味。学生中大约不少真会这样想，于是乎不免敷衍校章、潦草塞责的弊病，可是学生写作的实际的读者虽然常只是这几个人，假想的读者却可以很多。写作练习大部分是拿假想的读者作对象，并非拿实际的读者作对象。只有在《暑假回家写给教师的信》《给父亲的信》《给张同学的信》一类题目里，这些实际的读者同时成为假想的读者。假想的读者除了父兄、教师、亲近的同学或朋友外，还有全体同学、全体中学生、一般青年人、本地人士、各社团、政府、政府领袖、一般社会，以及其他没数到的。

写作练习是为了应用，其实就是为了应用于这种种假想的读者。写作练习可以没有教师，可不能没有假想的读者。一向的写作练习都有假想的读者。清末民初的家庭教子弟写作古文，假想的读者是一般的社会和考试官。中学生练习写作，假想的读者通常是全体同学或一般社会。如《星期日远足记》之类，便大概是假定给全体同学读的。可是一般的师生都忽略了假想的读者这个意念。学生写作，不意识到假想的读者，往往不去辨别各种体裁，只马马虎虎写下去。等到实际应用，自然便不合式。拿创作做写作目标，假想的读者是一般社会。但是只知道一种假想的读者而不知道此外的种种，还是不能有辨别力。上文引的叶先生所说的学生的信便是一例。不过知道有假想的读者的存在，总比马马虎虎不知到底写给谁读的好些。

我觉得现在中学生的写作训练该拿报纸上和一般杂志上的文字作切近的目标，特别是报纸上的文字。报纸上的文字不但指报纸本身的新闻和评论，还包括报纸上登载的一切文件——连广告在内——而言。这有三种好处。第一、切用，而且有发展；第二、应用的文字差不多各体都有；第三、容易意识到各种文字的各种读者。而且文言文和白话文的写作都可以用这个目标——近些年报纸上种种特写和评论用白话文的已经不少。因为报纸上登载着各方面的文件，对象或宽或窄，各有不同，口气和体裁也不一样，学生常常比较着看，便容易见出读者和文字的关系是很大的，他们写作时也便渐渐会留心他们的假想的读者。报纸和杂志上却少私人书信一体，这可以补充在教材里。报纸上和杂志上的文字的切用，是无须说明的。至于有发展，是就新闻事业看。新闻事业的发展是不可限量的。从事于新闻或评论的写作，或起草应用的文件登在报纸或杂志上，也是一种骄傲，值得夸耀并不在创作以下。现在已经有少数的例子，长江先生是最知名的。这不能单靠文字，但文字是基本的工具。这种目标可以替代创作的目标，它一样可以鼓起学生的兴趣，教他们觉得写作是有所为的而努力做去。

也许有人觉得“取法乎上，仅得乎中”，报纸和一般杂志上的文字往往粗率浮夸，拿来做目标，恐怕中学生写作会有“每况愈下”之势。这未免是过虑。报纸和杂志上的文字，粗率浮夸固然是不免的，但文学作品里也未必没有这种地方。且举英文为例，浮勒尔兄弟（*Fowler*）合著的《英文正宗》（*The King's English*）里便举出了许多名家的粗率浮夸的句子，这是一。报纸杂志上也有谨慎亲切的文字，这是二。近些年报纸进步，有一些已经注意它们的文字，这是三。学生“取法乎上”，尽可以多读那些公认的好报纸好杂志。在这些报纸杂志里，他们由于阅读的经验，也会辨别哪些文字是粗率浮夸的，哪些不是的。

况且报纸杂志只是课外读物。我只说拿报纸杂志上的文字做目标，并没有说用它们为教材；教材固然也可以从报纸和一般杂志上选一些，可是主要的并不从它们选出。文言教材，上文已详论。我所推荐的梁、蔡两位先生的书原来倒差不多都是杂志上的文字。不过他们写作的训练有深厚的基础，即使有毛病，也很少。白话文教材，下节还要申论。我不主张多选报纸和一般杂志上的文字做教材，主要的原因是这些文字大部分有时间性，时过境迁便无意味。再有，教材不单是写作的榜样或范本，还得教学生了解本国固有文化和养成欣赏文学的兴趣，报纸和一般杂志上的文字差不多都是有时间性的，自然不能有这两种效用。但是这些文字用来做学生写作的目标，却是亲切有效的。学生大概都读报纸杂志。让他们明白这些里面的文字便是他们写作的目标，他们会高兴地一面运用教材所给予他们的训练，一面参照自己阅读报纸杂志的经验，努力学习。这些学生将来还能加速报纸和杂志上的文字的进步。

报纸杂志上说明文和议论文很多，也可以多少矫正现阶段国文教学偏枯的毛病。课程标准里定的说明文和议论文的数量不算太少，但适当的教材不容易得着。文言的往往太肤廓，或太琐碎。白话文更难，既少，又深而长；教材里所选的白话说明文和议论文多半是凑数的。学生因为只注意创作，从教材里读到的说明文和议论文又很少合他们的脾胃或程度的，也就不愿意练习这两体的写作。有些学生到了大学一年级，白话记叙文可以写通，这两体却还凌乱庞杂，不成样子；文言文也是记叙体可看些。若指出报纸和一般杂志上的文字是他们写作的目标，他们也许多注意报纸杂志上说明文和议论文而渐渐引起兴趣。那些文字都用现代生活做题材，学生总该觉得熟悉些、亲切些；即使不能完全了解，总不至于摸不着头脑。一面在写作练习里就他们所最熟悉的生活当中选出些说明文和议论文的题目，让他们能够有话说，能够发挥自己的意见，形成自己的判断，不至于苦掉笔头。

中学生并不是没有说明和议论的能力，只看他们演说便可知道。中学生能演说的似乎不少，可是能写作说明文和议论文的确很少。演说的题目虽大，听者却常是未受教育或少受教育的民众，至多是同等的中学生，说起来自然容易些。写作说明文或议论文，不知不觉间总拿一般社会做假定的读者，这自然不是中学生的力量所能及。所以要教学生练习这两体的写作，只能给他们一些熟悉的小题目，指明中学生是假想的读者，或者给一些时事题目，让他们拟演说词或壁报文字，假想的读者是一般民众，至多是同等的中学生。这才可以引他们入胜。说起壁报，那倒是鼓励学生写作的一个好法子。因为只指出假想的读者的存在，而实际的读者老是那几个人，好像支票不能兑现，也还是不大成。总得多来些实际的读者才好。从前我教中学国文，有时选些学生的文课张贴在教室墙壁上，似乎很能引起全班的注意，他们都去读一下。壁报的办法自然更有效力，门类多，回数多。写作者有了较广大的实际的读者群，阅读者也可以时常观摩。一面又可以使一般学生对于拿报纸上和一般杂志上文字做写作的目标有更亲切的印象。这是一个值得采取的写作设计。

不过，教材里的白话说明文和议论文，也得补救一下。这就牵涉到白话文的发展。白话讽刺文和日常琐论——小品文的一型——都已有相当的发展，这些原也是议论文和说明文的支派，但是不适于正式应用。青年人学习这些体的倒不少，聪明的还透露一些机智，平常的不免委琐叫嚣。这些体也未尝不可学，但只知有这些，就太偏太窄了。适于应用的还是正式的论。我们读英文，读本里常见培根《论读者》，牛曼《君子人》等短论。这些或说明、或议论，虽短，却也是正式的论文。这一体白话文里似乎还少，值得发展起来。这种短论最宜于作教材。我们现在不妨暂时借材异国，将这种短论译出些来用。马尔腾的《励志哲学》也是这一类，可惜译笔生硬，不能做范本。查斯特罗的《日常心理漫谈》（生活版）译本，性质虽然略异，但文字经济，清楚，又有趣味，高中可以选用。《爱的教育》（开明版）译本里有些短篇说明和议论，也可节取。此外，长篇的创作译作以及别的书里，只要有可节取的适宜的材料，都不妨节取。不过这得费一番搜索的工夫。冯友兰先生的《新世训》（开明版）指示生活的方法，可以做一般人的指南针；他分析词义的精密，建立理论的谨严，论坛中极少见。他的文字虽不是纯粹白话文，但不失为上选的说明文和议论文。高中学生一面该将这部书作为课外读物，一面也该节取些收在教材里。

其实别的教材也该参用节取的办法，去求得适当的入选文字。即如小说，现在似乎只是旧小说才节取。新的便只选整个的短篇小说，而且还只能选那些篇幅短的。篇幅长的和长篇小说里可取的部分只得割爱。入选的那些篇幅虽短，却也未必尽合式；往往只是为了篇幅短将就着用。整篇的文字当然是主要的，但节取的文字尽可以比现在的教材里多参用些。节取的范围宽，得多费工夫；还得费心思，使节取的部分自成一个相当完整的结构。文学作品里节取出来的不一定还是文学，也许只是应用的文字。

但现在缺乏的正是应用的白话文，能多节取些倒是很合用的。

至于白话的私人书信，确是很少。将来倒是一定会普遍的。教材里似乎也只能暂时借用译文。译文有两种：一是译古为今，一是译外为中。书信是最亲切的文体，单是译外为中恐怕不足，所以加译古为今一项。当然要选那些可能译的译，而且得好译手。例如苏轼《黄州与秦太虚书》一类，就可以一试。《曾国藩家书》似乎也可选译一些。这些书信都近于白话，译起来自然些。这种翻译为的是建立白话书信的体裁，并不是因为原文难懂，选那些近于白话的，倒许可以见功些。英文《蔡公家书》，有文言译本，题为《蔡公家训》（商务本）；译文明白，但不亲切自然。这部家书值得用白话重译一回；白话译也许可以贴切些。若是译笔好，那里面可选的教材很多。——朱光潜先生有《给青年的十二封信》（开明版），讨论种种问题，是一部很适于青年的书。其中文字选入教本的已经不少。这部书兼有书信和说明文议论文的成分，跟《蔡公家书》是同类的。

写作杂谈[①]

写作通病：把作文与说话等同。

——编者注

一、文脉

多年批改学生作文，觉得他们的最大的毛病是思路不清。思路不清就是层次不清，也就是无条理。这似乎是初学作文的人不能免的毛病，无论今昔，无论文言和白话——不过作文言更容易如此罢了。这毛病在叙述文（包括描写文）和抒情文里比较不显著，在说明文和议论文里就容易看出。实际生活中说明文和议论文比叙述文和抒情文用得多，高中与大一的学生应

① 选自作者与叶圣陶合著的《国文教学》。

该多练习这两体文字；一面也可以训练他们的思想。本篇便着眼在这两体上；文言文的问题比较复杂，现在且只就白话文立论。因为注重“思路”怎样表现在文字里，所以就称它为“文脉”——表现在语言里的，称为“语脉”。

现在许多青年大概有一个误解，认为白话文是跟说话差不多一致的。他们以为照着心里说的话写下来就是白话文；而心里说的话等于独自言语。但这种“独自言语”跟平常说话不同。不但不出声音，并且因为没有听者，没有种种自觉的和不自觉的制限，容易跑野马。在平常谈话或演说的时候，还免不了跑野马；独自思想时自然更会如此。再说思想也不一定全用语言，有时只用一些影像就过去了。因此作文便跟说话不能一致：思路不清正由于这些情形。说话也有没条理的；那也是思想训练不足，随心所向，不加控制的缘故。但说话的条理比作文的条理究竟容易训练些，而训练的机会也多些。这就是说从自然的思路变成文脉，比变成语脉要难。总之，从思想到语言，和从思想到文字，都需要一番努力，语言文字清楚的程度，便看努力的大小而定；若完全随心所向，必至于说的话人家听不懂，作的文人家看不懂。

照着心里说的话写下来，有时自己读着，叫别人听，倒也还通顺似的；可是叫别人看，就看出思路不清来了。这种情形似乎奇特，但我实地试验过，确有这种事。我并且想，许多的文脉不调正是因为这个缘故。现在的青年练习说话——特别是演说——的机会很多，应该有相当的控制语言的能力，就是说语脉不调的应该比较前一代的青年少。他们练习作文的机会其实也比较前一代多；但如上文所论，控制文字确是难些。而因为作的是白话文，他们却容易将语脉混进文脉里，减少自己的困难，增加自己的满足；他们是将作文当作了说话的记录。但说话时至少有声调的帮助，有时候承转或连贯全靠声调；白话文也有声调，可是另一种，不及口语声调的活泼有弹性，承转或连贯处，便得另起炉灶。将作文当说话的记录，是想象口语声调的存在，因此就不肯多费气力在承转或连贯上；但那口语的声调其实是不存在的。这种作文由作者自己读，他曾按照口语的声调加以调整，所以听起来也还通顺似的。可是叫别人看时，只照白话文的声调默读着，只按着文脉，毛病便出来了。那种自己读时的调整，是不自觉的，是让语脉蒙蔽了自己；这蒙蔽自己是不容易发现的，因此作文就难改进了。

思想、谈话、演说、作文，这四步一步比一步难，一步比一步需要更多的条理；思想可以独自随心所向，谈话和演说就得顾到少数与多数的听者，作文更得顾到不见面的读者，所以越来越需要条理。语脉和文脉不同，所以有些人长于说话而不长于作文，有些人恰相反；但也有相关联的情形。说话可以训练语脉；这样获得的语脉，特别是从演说练习里获得的，有时也可以帮助文脉的进展。所以要改进作文，可以从练习演说下手。但是语脉有时会混入文脉，像上一段说的。在这种情形下，要改进作文，最好先读给人听，再请他看，请他改，并指出听时和看时觉得不同的地方。但是这件事得有负责的而且细心的教师才成。其实一般只要能够细看教师的批改也就很好。不过在这两种情形下，改本都得再三朗读，才会真得到益处。现在的学生肯细看教师的批改的已经很少，朗读改本的大概没有一个。这固然因为懒，也因为从来没有受到正确的朗读训练的缘故。现在白话文的朗读训练只在小学里有，那其实不是朗读，只是吟诵；吟诵重音节，便于背，却将文义忽略，不能训练文脉。要训练文脉，得用宣读文件的声调。我想若从小学时代起就训练这种正确的朗读，语脉混入文脉的情形将可减少，学生作文也将容易进步。

再次是在作文时先写出详细的纲目。这不是从声调上下手，而是从意义上，从意念的排列上下手。这是诉诸逻辑。纲目最好请教师看看。意念安排得有秩序，作起文来应该容易通顺些。不过这方法似乎不及前两者直截而自然。还有，作文时限制字数，或先作一段一段的，且慢作整篇的，这样可以有工夫细心修改；但得教师个别的指正，学生才知道修改的路子。这样修改的结果文脉也可以清楚些。除了这些方法之外，更要紧的是多看，多朗读，多习作（三项都该多在说明和议论两体上下功夫）。这原是老生常谈，但这里要指出，前两项更重要些；只多作而不多看多读，文脉还是不容易获得的。

一、标点符号

历年批改大学一年级学生的作文，觉得他们对于标点符号的使用很不在意。他们之间，和一般人之间一样，流行着一句熟语：“加标点。”他们写作，多数是等到成篇之后再“加”标点符号的。这显然不是正确的办法。白话文之所以为白话文，标点符号是主要的成分之一。标点符号表明词句的性质，帮助达意的明确和表情的恰切，作用跟文字一样，绝不是附加在文字上，可有可无的玩意儿。本来没有标点符号的古书和文言，为了帮助别人了解或为了自己了解正确，可以“加”上标点符号去。但是自己写作，特别是白话文，该将标点符号和文字一样看待、同等使用，随写随标点，才能尽标点符号的用处。若是等文字写成篇再“加标点”，那总是不会切合的。古书和原无标点符号的文言，“加标点”后往往有不切合处；那是古今达意表情的方式不同，无可奈何。自己写作，特别是白话文，标点符号正是支持我们达意表情的方式的，不充分利用，写作的效果便会因而减少。我们说话时靠得种种声调姿势帮助；写作时失去这种帮助，标点符号可以替代一部分。明白这个道理，便知道标点符号跟文字的关系是有机的——后“加”上去，就不是有机的了。

现在的学生乃至一般人往往乱用或滥用标点符号，结果标点符号真成了可有可无的东西似的。在达意方面，学生的作文里最常见的是逗号（，）和分号（；）的乱用。分号介在逗号和句号（。）之间，主要的作用在界划较长的句语和较短而意义上紧密的联系着的句子。青年们和一般人不大容易弄清楚这个符号的用处，是大家都知道的。有时他们似乎将它当逗号用，有时又似乎将它当句号用；用得合式的很少。这个符号本来复杂些，用错了还可以说是在意中。像逗号，很简单，乱用的却也很多，或许是一般想不到的。学生们作文里用逗号最多，往往一段文字只在段末有个句号，其余便是一大串逗号。这使人看不清他们的意义，摸不清他们的思路。他们似乎将逗号只当作停顿的符号用，而不管停顿的长短；更不管意义的分界。他们不大用句号，是一个可注意的现象。他们似乎没有清楚的“句”的意义。学生们作文，常犯思路不清或层次不明的毛病，这少用句号也是征象之一。此外还有惊叹号的滥用，似乎是一般的情形。就像公函中“为荷”下的惊叹号，便大可不必——句号尽合式了。更有爱用双惊叹号或三惊叹号的，给予读者的效果往往只是浮夸不实。

教育部二十年前就颁行过标点符号施行条例[①]，起草的是胡适之先生。但是青年们和一般人注意这个条例的似乎不多。原因大约有好几种。一是推行的不尽力。这种条例应该常在青年读物或一般读物里引用，让大家常常看见，常常捉摸，才有

① 这个标点符号施行条例，是当时的教育部于1920年根据“国语统一筹备会”议决案颁布的。

用处。可是事实不然。中学教科书里虽然偶有论到标点符号的，也不多，教师们又不认真去教，成效自然少见。二是例句不合式。条例中所举的例句都是古书和文言，加上一些旧小说的白话，现代的白话文记得似乎没有。条例颁行的时期，白话文运动刚起头儿，为起信的缘故，只举旧例，也是一番苦心。可是如上文所论，这种例句“加”上标点符号，究竟不很自然；这种例句并不能充分表示每种标点符号的用处。再说既然都是旧例，爱读现代白话文的，便不免减少阅读的兴趣，不大去注意。我想教育部若能将那条例修订一番，细心选择现代白话文作为主要的例句，一面责成中学教师切实教授，并在改文时注意，标点符号的用法会渐渐正确起来的。不过，更重要的是，青年们得养成随文标点的习惯，一面还得在读现代白话文时随时体会一标一点的意味，学习正确的用法才成。

关于“月夜蝉声”

成见影响之大，使得新的观察新的经验的获得，变得艰难。

——编者注

我的《荷塘月色》那篇文章里提到蝉声。抗战前几年有一位陈少白先生——陈先生的名字，我记忆得也许不准确——写信给我，说蝉子夜晚是不叫的。那时我问了好几个人，都说陈先生的话不错。我于是写信请教昆虫学家刘崇乐先生。过了几天，他抄了一段书交给我，只说了一句话：“好容易找到这一段儿！”这一段儿出于什么书，著者是谁，我都忘了。但是文中记录的，确是月夜的蝉声；著者说平常夜晚蝉子是不叫的，那一个月夜，他却听见它们在叫。

当时我觉得刘先生既然“好容易找到这一段儿”，而一般人在常识上又都觉得蝉子夜晚不叫，那么那一段记录也许是个例外。因此我复陈先生的信，谢谢他，并简单地告诉他我曾经请教过一位生物学家，这位生物学家也说夜晚蝉子不叫。信中没有提刘先生的名字，因为这些话究竟只是我的解释；刘先生是谨慎的科学家，关于这个问题，他自己其实没有说一个字。信中我又说《背影》以后再版，要删掉月夜蝉声那句子。

抗战的一年或其后一年，陈先生在正中书局的《新学生月刊》上发表了一篇文章，讨论这问题，并引了我的信。他好像还引了王安石的《葛溪驿》诗的故事。诗中也提到月夜蝉声；历来都怀疑他那诗句，因为大家都觉得夜晚蝉子不叫。这个故事增加这问题的兴味。但那时我自己却已又有两回亲耳听到月夜的蝉声。我没有记录时间和地点等等，可是这两回的经验是确实的；因为听到的时候，我都曾马上想到这问题和关于它的讨论。

当时我读了陈先生的文章，很想就写封信给他，告诉他关于那位生物学家对我的曲解，和我的新的经验，跟《荷塘月色》中所叙的有相同的地方。可惜不知道他的通信处，没法写这封信。于是又想写篇短文说明这些情形，但是懒着没有动笔。一懒就懒了这些年，真是对不住陈先生和一些读者。

从以上所叙述的，可以知道观察之难。我们往往由常有的经验作概括的推论。例如由有些夜晚蝉子不叫，推论到所有夜晚蝉子不叫。于是相信这种推论便是真理。其实只是成见。这种成见，足以使我们无视新的不同的经验，或加以歪曲的解释。我自己在这儿是个有趣的例子。在《荷塘月色》那回经验里，我并不知道蝉子平常夜晚不叫。后来读了陈先生的信，问了些别人，又读到王安石《葛溪驿》诗的注，便跟着跳到“蝉子夜晚是不叫的”那概括的结论，而相信那是真理。于是自己的经验，认为记忆错误；专家的记录，认为也许例外。这些足证成见影响之大。那后来的两回，若不是我有这切己的问题在心里，也是很容易忽略过去的。新的观察新的经验的获得，如此艰难，无怪乎《葛溪驿》的诗句久无定论了。

一九三九年

文学是语言的艺术，语言是文学的工具。

文学与语言

导 读

文学的材料是什么呢？是文字？文字的本身是没有什么的，只是印在纸上的形，听在耳里的音罢了。它的效用，在它所表示的“思想”。我们读一句文，看一行字时，所真正体验到的是先后相承的，繁复异常的，许多视觉的或其他感觉的影像，许多观念、情感、论理的关系——这些一一涌现于意识流中。这些东西与日常的经验或不甚相符，但总也是“人生”，总也是“人生的网”。文字以它的轻重疾徐，长短高下，调节这张“人生的网”，使它紧张，使它松弛，使它起伏或平静。但最重要的还是“思想”——默喻的经验；那是文学的材料。

现在我们可以晓得，文字只是“意义”；意义是可以了解，可以体验的。我们说“文字的意义”，其实还不妥当；应该说“文字所引起的心态”才对。文学的表面的解说是薄弱的，近似的；文字所引起的经验才是整个的，活跃的。文学是“文字的艺术”；而它的材料实是那“思想的流”，换句话说，实是那“活的人生”。所以Stevenson说，文学是人生的语言。

有人说，“人生的语言”，又何独文学呢？眼所见的诸相，也正是“人生的语言”。我们由所见而得了解，由了解而得生活；见相的重要，是很显然的。一条曲线，一个音调，都足以传无言的消息；为什么图画与音乐便不能做传达经验——思想——的工具，便不能叫出人生的意义，而只系于视与听呢？持这种见解的人，实在不知道言语的历史与价值。我们的视与听是在我们的理解之先的，不待我们的理解而始成立的；我们常为视与听所左右而不自知，我们对于视与听的反应，常常是不自觉的。而且，当我们理解我们所见时，我们实已无见了；当我们理解我们所闻时，我们实已无闻了：因为这时是只有意义而无感觉了。虽然意义也需凭着残留的感觉的断片而显现，但终究非感觉自身了。意义原是行动的关捩，但许多行动却无须这个关捩；有许多熟练的，敏速的行动，是直接反应感觉，简捷不必经过思量的。如弹批亚娜，击剑，打弹子，那些神乎其技的，挥手应节，其密如水，其捷如电，他们何尝不用视与听，他们何尝用一毫思量呢？他们又哪里来得及思量呢？他们的视与听，不曾供给他们以意义。视与听若有意义，它们已不是纯正的视与听，而变成了某种趣味了。表示这种意义或趣味的便是言语：言语是弥补视与听的缺憾的。我们创造言语，使我们心的经验有所托得以表出；言语便是表出我们心的经验的工具。从言语进而为文字，工具更完备了。言语文字只是种种意义所构成的；它的本质在于“互喻”。视与听比较的另有独立的存在，由它们所成的艺术也便大部分不需凭借意义，就是，有许多是无“意义”的，价值在“意义”以外的。文字的艺术便不然了，它只是“意义”的艺术，“人的经验”的艺术。

还有一层，若一切艺术总需叫出人生的意义，那么，艺术将以所含人生的意义的多寡而区分高下。音乐与建筑是不含什么“意义”的，和深锐、宏伟的文字比较起来，将沦为低等艺术了。然而事实绝不如是，艺术是没有阶级的！我们不能说天坛不如《离骚》，因为它俩各有各的价值，是无从相比的。因此知道，各种艺术自有其特殊的材料，绝不是同一的，强以人生的意义为标准，是不合式的。

由上观之，文字的艺术，材料便是“人生”。论文学的风格的当从此着眼。凡字句章节之所以佳胜，全因它们能表达情思，委曲以赴之，无微不至。凡用文辞，若能尽意，使人如接触其所指示之实在，便是对的，便是美的。

文字里的思想是文学的实质。文学之所以佳胜，正在它们所含的思想。但思想非文字不存，所以可以说，文字就是思想。这就是说，文字带着“暗示之端绪”，使人的流动的思想有所附着，以成其佳胜。文字好比月亮，暗示的端绪——即种种暗示之意——好比月的晕；晕比月大，暗示也比文字的本义大。如“江南”一词，本意只是“一带地方”；但是我们见此二字，所想到的绝不止“一带地方，在长江以南”而已，我们想到“草长莺飞”的江南，我们想到“落花时节”的江南，我们或不胜其愉悦，或不胜其怅惘。

文字只老老实实指示一事一物，毫无色彩，像代数符号一般；这个时期实际上是没有的。无论如何，一个字在它的历史与变迁里，总已积累着一种暗示的端绪了，如一只船积累着螺蛳一样。

文字没“有”意义，它们因了直接的暗示力和感应力而“是”意义。它们就是它们所指示的东西。不独字有此力，文句，诗节皆有此力；风格所论，便在这些地方，有字短而音峭的句，有音响繁然的句，有声调圆润的句。这些句形与句义都是一致的。至于韵律、节拍，皆以调节声音，与意义所关也甚巨，此地不容详论。还有“变声”和“语调”的表现的力量，也是值得注意的。“变声”疑是句中声音突然变强或变弱处；“语调”疑是同字之轻重异读。此两词是音乐的术语；我不懂音乐，姑如是解，待后改正。

——节选自《文学的美——读Puffer的〈美之心理学〉》

什么是文学

文学没有定论。

——编者注

什么是文学？大家愿意知道，大家愿意回答，答案很多，却都不能成为定论。也许根本就不会有定论，因为文学的定义得根据文学作品，而作品是随时代演变，随时代堆积的。因演变而质有不同，因堆积而量有不同，这种种不同都影响到什么是文学这一问题上。比方我们说文学是抒情的，但是像宋代说理的诗，十八世纪英国说理的诗，似乎也不得不算是文学。又如我们说文学是文学，跟别的文章不一样，然而就像在中国的传统里，经史子集都可以算是文学。经史子集堆积得那么多，文士们都钻在里面生活，我们不得不认这些为文学。当然，集部的文学性也许更大些。现在除经史子集外，我们又认为元明以来的小说戏剧是文学。这固然受了西方的文学意念的影响，但是作品的堆积也多少在逼迫着我们给它们地位。明白了这种种情形，就知道什么是文学这问题大概不会有什么定论，得看作品看时代说话。

新文学运动初期，运动的领导人胡适之先生曾答复别人的问，写了短短的一篇《什么是文学》。这不是他用力的文章，说得也很简单，一向不曾引起多少注意。他说文字的作用不外达意表情，达意达得好，表情表得妙就是文学。他说文学有三种性：一是懂得性，就是要明白。二是逼人性，要动人。三是美，上面两种性联合起来就是美。这里并不特别强调文学的表情作用；却将达意和表情并列，将文学看作和一般文章一样，文学只是“好”的文章、“妙”的文章、“美”的文章罢了。而所谓“美”就是明白与动人，所谓三种性其实只是两种性。“明白”大概是条理清楚，不故意卖关子；“动人”大概就是胡先生在《谈新诗》里说的“具体的写法”。当时大家写作固然用了白话，可是都求其曲，求其含蓄。他们注重求暗示，觉得太明白了没有余味。至于“具体的写法”，大家倒是同意的。只是在《什么是文学》这一篇里，“逼人”“动人”等语究竟太泛了，不像《谈新诗》里说的“具体的写法”那么“具体”，所以还是不能引人注意。

再说当时注重文学的型类，强调白话诗和小说的地位。白话新诗在传统里没有地位，小说在传统里也只占到很低的地位。这儿需要斗争，需要和只重古近体诗与骈散文的传统斗争。这是工商业发展之下新兴的知识分子跟农业的封建社会的士人的斗争，也可以说是民主的斗争。胡先生的不分型类的文学观，在当时看来不免历史癖太重，不免笼统，而不能鲜明自己的旗帜，因此注意他这一篇短文的也就少。文学型类的发展从新诗和小说到了散文——就是所谓美的散文，又叫作小品文的。虽然这种小品文以抒情为主，是外来的影响，但是跟传统的骈散文的一部分却有接近之处。而文学包括这种小说以外的散文在内，也就跟传统的文的意念包括骈散文的有了接近之处。小品文之后有杂文。杂文可以说是继承“随感录”的，但从它的短小的篇幅看，也可以说是小品文的演变。小品散文因应时代的需要从抒情转到批评和说明上，但一般还认为是文学，和长篇议论文、说明文不一样。这种文学观就更跟那传统的文的意念接近了。而胡先生说的什么是文学也就值得我们注意了。

传统的文的意念也经过几番演变。南朝所谓“文笔”的文，以有韵的诗赋为主，加上些典故用得好，比喻用得妙的文章；《昭明文选》里就选的是这些。这种文多少带着诗的成分，到这时可以说是诗的时代。宋以来所谓“诗文”的文，却以散文就是所谓古文为主，而将骈文和辞赋附在其中。这可以说是到了散文时代。现代中国文学的发展，虽只短短的三十年，却似乎也是从诗的时代走到了散文时代。初期的文学意念近于南朝的文的意念，而与当时还在流行的传统的文的意念，就是古文的文的意念，大不相同。但是到了现在，小说和杂文似乎占了文坛的首位，这些都是散文，这正是散文时代。特别是杂文的发展，使我们的文学意念近于宋以来的古文家而远于南朝。胡先生的文学意念，我们现在大概可以同意了。

英国德来登早就有知的文学和力的文学的分别，似乎是日本人根据了他的说法而仿造了“纯文学”和“杂文学”的名目。好像胡先生在什么文章里不赞成这种不必要的分目。但这种分类虽然好像将表情和达意分而为二，却也有方便处。比方我们说现在杂文学是在和纯文学争着发展，这就可以见出这时代文学的又一面。杂文固然是杂文学，其他如报纸上的通讯、特写，现在也多数用语体而带有文学意味了，书信有些也如此。甚至宣言，有些也注重文学意味了。这种情形一方面见出一般人要求着文学意味，一方面又意味着文学在报刊化。清末古文报刊化而有了“新文体”，达成了开通民智的使命。现代文学的报刊化，该是德先生和赛先生的吹鼓手吧。这里的文学意味就是“好”，就是“妙”，也就是“美”；却绝不是卖关子，而正是胡先生说的“明白”“动人”。报刊化要的是来去分明，不躲躲闪闪。杂文和小品文的不同处就在于它的明快，不大绕弯儿，甚至简直不绕弯儿。具体倒不一定。叙事写景要具体，不错。说理呢，举例子固然要得，但是要言不烦，或简洁了当也就是干脆，也能够动人。使人威固然是动人，使人信也未尝不是动人。不过这样解释着胡先生的用语，他也许未必同意罢？

文学与语言

文学是语言的艺术，
语言是文学的工具。
——编者注

关于这个问题，今天讲的只是常识方面的几句话，打算分作五项讲：

（一）口语与写作　大家都知道，口语在前，写作在后，就是说先有语言，后有文字，口语记录便成为文字。口语跟文字不过是两种工具，用来发表思想、表示感情。这两种工具有许多不同的地方，文言跟口语固然差别很多，白话跟口语也不尽同，言文一致只是一种理想，因为口语跟文言、白话的规则有差别，我们有所谓文法句法，应当还有语法。拿口语来讲：“他没有来偺？”这句话在文字上须写成“他还没有来？”又如“你吃饭过吗？”，要写成“你吃过饭吗？”才通。

在写作上散文与诗的句法也不相同。譬如“竹喧归浣女”，意思就是“竹喧浣女归”。有些人往往把诗看得很神秘，以为诗不合逻辑就越好，诗人的态度应该是蓄长发穿破皮鞋的。其实诗并无神秘，不过写法不同罢了。最近死去的陈之原，他在张之洞幕府里的时候，有一次伴着张之洞重九登高，作了一首七言律诗，第七句是“作健逢辰领元老”，张之洞看了很不高兴，他以为元老怎么会被人领呢？一被人领了便不元不老了。这句诗的本意就是“作健逢辰元老领”。张之洞也是个诗人，但是他把诗法与文法混在一块了。

其次说到口语，口语的好处，活泼、亲切、自然，说时有姿态、手势来帮助表情。如中国人的眨眨眼，摇摇头，洋人的耸耸肩膀，都表示一种感情。声调语气也有种种变化，有轻重快慢的不同。但说话只能对少数人，广播的说话可以对多数人，不过姿势表情没有了，又少修饰，很使人听得不耐烦。还是不能代替文字的写作。

写作的好处在条理清楚。它没有声调姿势的帮助，便利用条理。文字的简洁或增加，是经过一种选择的。这种选择便是修饰功夫。写作不但条理清楚，而且比说话经济。说五分钟话，写成文字，两分钟就看完了。

（二）白话与文言　白话与文言可以说是两种语言。这两种语言的分别，弄清楚了有很多好处。一般人以为文言的阅读需经过脑筋翻译成白话才能明了。写文言文要把白话翻译成文言而后能写成文字。这是一种错误观念。这种观念大概是从学习外国语而来的。因为初学外国语时，须先经过一种翻译才能阅读和写作。其实写文言不必翻译正如精通外国文的人写作和阅读不需要翻译一样。英文学得不好的人，写作时要先打中文稿子，结果便写成中国英文了。拿白话翻成文言，也就不能成真正文言。

有人说文言的好处在简单，白话太繁。这也是不对的，两者都有繁简。博士卖驴，写完三纸，不见驴字。这不是文言的繁吗？繁简只是写作艺术上的问题，不是文言和白话的分别。

就语汇和字汇来分别也不好，白话文中免不了有用文言字的。但就方式说，白话和文言就大不相同了。譬如说，“听父亲的话”听来很顺耳，说“接受父亲的意见”，在一般年纪老一些的人听来便不大舒服了。“五四”以后，青年人的地位渐渐增高了，说“接受父亲的意见”便不觉怎样不对。“接受父亲的意见”这方式文言中是没有的。生活的改变，语言方式有了新的增加。

韩愈讲文气，他说：“气，水也；言，浮物也，水大而物之浮者，小大毕浮，气之与言犹是也。”这里所谓气，应该是新的语式，韩愈讲究文气，就是用新的语式加入文章。有人说韩愈复古，作古文，我以为他是革新，作新文体。明清的古文家，描写人的对话时，也极力想接近当时说话的口气。原因是当时的生活渐渐改变了，旧文体不能胜任，不得不有变化。最明显的改变是清末梁启超所倡的新文体。

“五四”提倡白话到现在，就文学说，刚立好基础。应用则已很广。至于公文等的应用，仍旧用文言。因为其中好多语式未改变，用文言写来比较方便。譬如：文言中的“尊著”，用白话写就是“你的著作”。这似乎太不客气。写作“你的大作”，便客气些，但就带着文言的味道了。再如“仁兄”这个称呼也不易改变。固然，直呼名字，在“五四”时认为前进；“你我”相称，可以表示亲热，若用于尊长，便见得太亲热了。也可说不大庄敬。

语言是有许多阶层的，正如社会有许多阶层一样。语汇和谈话方式各阶层自成一套。因为教育和环境的不同，所以对语言的了解力也不同。此是纵的方面。横的方面看，散文与诗有着差别，前面已经说过了，而骈文散文也不一样。例如：“远迹曹爽，洁身懿师。”这句子，依散文的观点来看，像是说阮籍追随着曹爽，其实这是远避的意思。因为骈文与散文在组织与文法上有很大的差别。

专就散文而论，桐城派的古文与从前的《大公报》的社评也不同。后者可称为新文言或变质的文言，其中夹上许多的新名词，而没有声调之美。古文读起来是可以摇头摆尾的，但读《大公报》的社评，头摇不起来，尾也摇不出来。所以我们必须用不同的眼光去观察，把它们看成两种东西。

（三）文字与文学　说到文字与文学，最好先从语言上着眼，语言可分表情的与达意的两种。譬如，你在食堂门口碰见朋友，问他“吃饭了没有？”不吃饭怎么到食堂里来呢？又如问外面进来的朋友：“有太阳没有？”太阳当然不会没有的。意思是说看没看见太阳。这些话都是没有什么意思的，不过表示一种对朋友的关心。目的不是达意而是表情。

文学大多是偏重在表示感情的，有人说文字使人知，文学使人感。有把文字的功用分为四种的。一表达意思，二表达感情，三表示口气，四表示目的。其实严格分别是不可能的。大概说来，文字要注重条理，文学更要注重具体描写。例如“五月榴花照眼明”；“枯藤老树昏鸦，小桥流水人家，古道西风瘦马。夕阳西下，断肠人在天涯”。都是凑合许多形象，如给人一幅画一样。这是文学，不是文字。

诗是最文学的，所表示的感情特别强烈。有人以为诗与散文的不同，是在韵脚和节奏的有无，但骈文有节奏，赋有韵脚，这并不是诗。用诗意来分别也不好，散文中也有富于诗意的。就形式来分也很难，现在的分行的新诗有许多并不像诗。我看，比较保险的分法就是诗的表情比文更强烈一点。

（四）比喻与文学　比喻在口语中我们常常用到它，但在文学中，比喻尤其重要。山头，山脚，都是比喻，用惯了便不觉得。这种比喻是死的，还有活的比喻，如：“这个人的舌头像刀一样。”“眼睛像星一样。”“日本人的泥脚”等等。

比喻是文学的重要的一部分，它的来源有二：改变旧的，或创造新的。诗人与文人必须常常制造比喻，改造比喻。典故也是一种比喻。放着许多典不用也觉可惜。不过典应有新的用法，偏僻的典不可用。

（五）组织与排列　这可分三节讲：

一、颠倒：为了文字的经济，有时要改变普通的组织排列。如韦应物的诗："独夜忆秦关，听钟未眠客。"意思上的次序是说一个孤独的旅人，夜里听着钟声，想念秦关而不能入眠。小说中也常有颠倒的写法，劈空而来，再转头说回去，这样更见得有力。

二、重复与夸张：重复就是兜着圈子说，表示加重意思。如古诗："行行重行行，与君生别离。相去万余里，各在天一涯。道路阻且长，会面安可知……"。

再如："东边一棵杨柳树，西边一棵杨柳树。南边一棵杨柳树，北边一棵杨柳树。任他千万杨柳树，怎能挽得离情住？"说来说去，只是一个别离而已。

至于夸张，例子多不胜举。就说四川的山歌吧："你的山歌没得我的多，我的山歌比牛毛多。唱了三年六个月，没有唱完一只牛耳朵。"

三、声律与排比：声律是使文学美化的一个要素，旧诗中的音调都是很美的。新诗则利用节奏。

排比在古文学中甚占地位，白话文也少不了它。胡适之先生的文章大家说好，他就是喜欢用排比的，例如："写字的要笔好，杀猪的要刀好。"

今天讲的只是个大概，至于证例，诸位在阅读时常可找到的。

一九四三年三月一日

语文学常谈

因为不了解或误解一些语言文字，
结果常是很严重的。

——编者注

文字学从前称为“小学”。只是教给少年人如何识字，如何写字，所以称为“小学”。这原是实用的技术。后来才发展成为独立的学科，研究字形字音字义的演变。研究的人对这种演变这种历史的本身发生了兴趣，不再注重实用。这种文字学是语言学的一部分。语言学里又包括文法学。中国从前没有文法学，文法学是从西洋输入的。可是实用的文法技术我们也有：做文章讲虚实字，作诗讲对偶，都是的。直到前清末年，少年人学习作文作诗还是从使用虚字和对对子入手。“小学”起头早，诗文作法的讲究却远在其后；这由于时代的演变和进展，但起于实际的需要是相同的。所谓实际的需要固然是应试求官，识字的和会作诗文的能以应试求官；但从这里可以看出文字语言确是支配我们生活的要素之一，文字语言确是我们生活的一部分。从学术方面说，诗文作法没有地位，算不得学术，文法学也只是刚起头；文字学却已有了深厚的传统和广大的发展。但明白了语言文字的作用，就知道文法学是该有将来的。

现在文字学又分为形义和语音两支，各成一科，而关于义的研究又有独立为训诂学的趋势。文字形态部分经过甲骨文字和钟鼎文字的研究，比起专守许慎《说文解字》的时代有了长足的进步。语音部分发展更大，汉语之外，又研究非汉语的泰语和缅藏语，这样比较同系和近系的语言，不但广博，也可以更精确。这种用来比较的非汉语，都是调查得来的现代语。而汉语的研究也开了现代各地方言调查的一条大路。这种注重活的现代语，表示我们学术的兴趣伸展到了现代，虽然未必有关实用，可是跟现代的我们总近些了。其实也未必全然无关实用，非汉语的研究对边疆研究是有用处的。一方面研究活的现代语就不由得会注意到语法，这也促成了文法学的进步。训诂学更是刚起头。训字有顺文说解的意思，诂字是用现代语解说古代语的意思。按照“训诂”的字义和历来训诂的方法，训诂学虽然从字义的历史下手，也得注意到文法和现代语的，但是形态也罢，语音也罢，训诂也罢，文法也罢，都是从历史的兴趣开场，或早或迟渐渐伸展到现代；

从现代的兴趣开场伸展到历史的，似乎只有所谓意义学。

“意义学”这个名字是李安宅先生新创的，他用来表示英国人瑞恰慈和奥格登一派的学说。他们说语言文字是多义的。每句话有几层意思，叫作多义。唐代的皎然的《诗式》里说诗有几重旨，几重旨就是几层意思。宋代朱熹也说看诗文不但要识得文义，还要识得意思好处。这也就是“文外的意思”或“字里行间的意思”，都可以叫作多义。瑞恰慈也正是从研究现代诗而悟到多义的作用。他说语言文字的意义有四层：一是文义，就是字面的意思；二是情感，就是梁启超先生说的“笔锋常带情感”的情感；三是口气，好比公文里上行平行下行的口气；四是用意，一是一，二是二是一种用意，指桑骂槐，言在此而意在彼，又是一种用意。他从现代诗下手，是因为现代诗号称难懂，而难懂的缘故就因为一般读者不能辨别这四层意义，不明白语言文字是多义的。他却不限于说诗，而扩展到一般语言文字的作用。

他说听话读书如不能分辨这四层意义，就会不了解，甚至误解。不了解诗或误解诗，固然对自己的享受与修养有亏。不了解或误解某一些语言文字，往往更会误了大事，害了社会。即如关于一些抽象名词的争辩如“自由”“民主”等，就往往因为彼此不了解或误解而起，结果常是很严重的。他以为除科学的说明真乃一是一，二是二以外，一般的语言大都是多义的。因此他觉得兹事体大。瑞恰慈被认为科学的文学批评家，他的学说的根据是心理学。他说的语言文字的作用也许过分些，但他从活的现代语里认识了语言文字支配生活的力量，语言文字不是无灵的。他们这一派并没有立“意义学”的名目，所根据的心理学也未必是定论，意义学独立成为一科大概还早，但单刀直入地从现代生活下手研究语言文字，确是值得我们注意的。

鲁迅先生的中国语文观

大众语是毛坯，
加了工的是文学。
——编者注

这里是就鲁迅先生的文章中论到中国语言文字的话，综合地加以说明，不参加自己意见。有些就抄他的原文，但是恕不一一加引号，也不注明出处。

鲁迅先生以为中国的言文一向就并不一致，文章只是口语的提要。我们的古代的记录大概向来就将不关重要的词摘去，不用说是口语的提要。就是宋人的语录和话本，以及元人杂剧和传奇里的道白，也还是口语的提要。只是他们用的字比较平常，删去的词比较少，所以使人觉得"明白如话"。至于一般所谓古文，又是古代口语的提要而不是当时口语的提要，更隔一层了。

他说中国的文或话实在太不精密。向来作文的秘诀是避去俗字，删掉虚字，以为这样就是好文章。其实不精密。讲话也常常会词不达意，这是话不够用；所以教员讲书必须借助于粉笔。文与话的不精密，证明思路不精密，换一句话，就是脑筋有些糊涂。倘若永远用着这种糊涂的语言，即使写下来读起来滔滔而下，但归根结底所得的还是一些糊涂的影子。要医这糊涂的病，他以为只好陆续吃一点苦，在语言里装进异样的句法去，装进古的，外省外府的，外国的句法去。习惯了，这些句法就可变为己有。

他赞成语言的欧化而反对刘半农先生“归真反璞”的主张。他说欧化文法侵入中国白话的大原因不是好奇，乃是必要。要话说得精密，固有的白话不够用，就只得采取些外国的句法。这些句法比较地难懂，不像茶泡饭似的可以一口吞下去，但补偿这缺点的是精密。反对欧化的人说中国人“话总是会说的”，一点不错，但要前进，全照老样子是不够的。即如“欧化”这两个字本身就是欧化的词儿，可是不用它，成吗？

“归真反璞”是要回到现在的口语，还有语录派，更主张回到中古的口语，鲁迅先生不用说是反对的。他提到林语堂先生赞美的语录的便条，说这种东西在中国其实并未断绝过种子，像上海弄堂口摊子上的文人代男女工人们写信，用的就是这种文体，似乎不劳重新提倡。他还反对“章回小说体的笔法”，都因为不够用、不精密。

他赞成语言的大众化，包括书法的拉丁化。他主张将文字交给一切人。他将中国话大略分为北方话、江浙话、两湖川贵话、福建话、广东话，主张地方语文的大众化，然后全国语文的大众化。这全国到处通行的大众语，将来如果真有的话，主力恐怕还是北方话。不过不是北方的土话，而是好像普通话模样的东西。

大众语里也有绍兴人所谓“炼话”。这“炼”字好像是熟练的意思，而不是简练的意思。鲁迅先生提到有人以为“大雪纷飞”比“大雪一片一片纷纷地下着”来得简要而神韵。他说在江浙一带口语里，大概用“凶”“猛”或“厉害”来形容这下雪的样子。《水浒传》里的“那雪正下得紧”，倒是接近现代大众语的说法，比“大雪纷飞”多两个字，但那“神韵”却好得远了。这里说的“神韵”大概就是“自然”“到家”，也就是“熟练”或“炼”的意思。

对文言的“大雪纷飞”，他取“那雪正下得紧”的自然。但一味注重自然是不行的。他主张语言里得常常加进些新成分，翻译的作品最宜担任这种工作。即使为略能识字的读众而译的书，也应该时常加些新的字眼，新的语法在里面。但自然不宜太多；以偶尔遇见而自己想想或问问别人就能懂得的为度。这样逐渐地拣必要的一些新成分灌输进去，群众是会接受的，也许还胜过成见更多的读书人。必须这样，大众语才能够丰富起来。

鲁迅先生主张的是在现阶段一种特别的语言，或四不像的白话，虽然将来会成为“好像普通话模样的东西”。这种特别的语言不该采取太特别的土话，他举北平话的“别闹”“别说”做例子，说太土。可是要上口，要顺口。他说作完一篇小说总要默读两遍，有拗口的地方，就或加或改，到读得顺口为止。但是翻译却宁可忠实而不顺；这种不顺他相信只是暂时的，习惯了就会觉得顺了。若是真不顺，那会被自然淘汰掉的。他可是反对凭空生造；写作时如遇到没有相宜的白话可用的地方，他宁可用古语就是文言，绝不生造，绝不生造“除自己之外谁也不懂的形容词”。

他也反对“做文章”的“做”，“做”了会生涩，格格不吐。可是太“做”不行，不“做”却又不行。他引高尔基的话“大众语是毛坯，加了工的是文学”，说这该是很中肯的指示。他所需要的特别的语言，总结起来又可以这样说：“采说书而去其油滑，听闲谈而去其散漫，博取民众的口语而存其比较的大家能懂的字句，成为四不像的白话。这白话得是活的，因为有些是从活的民众口头取来，有些要从此注入活的民众里面去。”

人话[①]

人话也是一种规矩。

——编者注

在北平待过的人总该懂得“人话”这个词儿。小商人和洋车夫等等彼此动了气，往往破口骂这么句话：

你懂人话不懂！——要不就说：

你会说人话不会！

这是一句很重要的话，意思并不是问对面的人懂不懂人话、会不会说人话，意思是骂他不懂人话，不会说人话。不懂人话，不会说人话，干脆就是畜生！这叫拐着弯儿骂人，又叫骂人不带脏字儿。不带脏字儿是不带脏字儿，可到底是“骂街”，所以高

---

① 选自1948年4月27日北平《新生报·语言与文学》。

尚人士不用这个词儿。他们生气的时候也会说“不通人性”“不像人”“不是人”，还有“不像话”“不成话”等等，可就是不肯用“人话”这个词儿。“不像话”“不成话”是没道理的意思；“不通人性”“不像人”“不是人”还不就是畜生？比起“不懂人话”“不说人话”来，还少拐了一个弯儿哪。可是高尚人士要在人背后才说那些话，当着面大概他们是不说的。这就听着火气小，口气轻似的，听惯了这就觉得“不通人性”“不像人”“不是人”那几句来得斯文点儿，不像“人话”那么野。其实，按字面儿说，“人话”倒是个含蓄的词儿。

北平人讲究规矩；他们说规矩，就是客气。我们走进一家大点儿的铺子，总有个伙计出来招待，呵呵腰说：“您来啦？”出来的时候，又是个伙计送客，呵呵腰说：“您走啦，不坐会儿啦？”这就是规矩。洋车夫看见同伙的问好儿，总说：“您老爷子好？老太太好？”“您少爷在哪儿上学？”从不说“你爸爸”“你妈妈”“你儿子”，可也不会说“令尊”“令堂”“令郎”那些个，这也是规矩。有的人觉得这是假仁假义，假声假气，不天真，不自然。他们说北平人有官气，说这些就是凭据。不过天真不容易表现，有时也不便表现。只有在最亲爱最亲近的人面前，天真才有流露的机会；再说天真有时就是任性，也不一定是可爱的。所以得讲规矩。规矩是调节天真的，也就是“礼”，四维之首的“礼”。礼须要调节，得有点做作是真的，可不能说是假。调节和做作是为了求中和、求平衡、求自然——

这儿是所谓“习惯成自然”。规矩也罢，礼也罢，无非教给人做人的道理。我们现在到过许多大城市，回想北平，似乎讲究规矩并不坏，至少我们少碰了许多硬钉子。讲究规矩是客气，也是人气，北平人爱说的那套话都是他们所谓“人话”。

别处人不用“人话”这个词儿，只说讲理不讲理，雅俗通用。讲理是讲理性，讲道理。所谓“理性”（这是个老名词，重读“理”字，翻译的名词“理性”重读“性”字），自然是人的理性，所谓道理也就是做人的道理。现在人爱说“合理”，那个理的意思比“讲理”的“理”宽得多。“讲理”当然“合理”，这是常识，似乎用不着抬出西哲亚里士多德的大帽子说：“人是理性的动物”。可是这句话还是用得着，“讲理”是“理性的动物”的话，可不就是“人话”？不过不讲理的人还是不讲理的人，并不明白地包含着“不懂人话”“不会说人话”的意思。讲理不一定和平，上海的“讲茶”就常教人触目惊心的，可是看字面儿，“你讲理不讲理”的确比“你懂人话不懂”“你会说人话不会”和平点儿。“不讲理”比“不懂人话”“不会说人话”多拐了个弯儿，就不至于影响人格了。所谓做人的道理大概指的是恕道，就是孔子说的“己所不欲，勿施于人”，而“人话”要的也就是恕道。按说“理”这个词儿其实有点儿灰色，赶不上“人话”那个词儿鲜明，现在也许有人觉得还用得着这么个鲜明的词儿。不过向来的小商人洋车夫等等把它用得太鲜明了，鲜明得露了骨，反而糟蹋了它，这真是怪可惜的。

诗与话[1]

作诗如说话。

——编者注

胡适之先生说过宋诗的好处在“作诗如说话”，他开创白话诗，就是要更进一步的做到“作诗如说话”。这“作诗如说话”大概就是说，诗要明白如话。这一步胡先生自己是做到了，初期的白话诗人也多多少少地做到了。可是后来的白话诗越来越不像说话，到了受英美近代诗的影响的作品而达到极度。于是有朗诵诗运动，重新强调诗要明白如话，朗诵出来大家懂。不过胡先生说的“如说话”，只是看起来如此，朗诵诗也只是又进了一步做

① 本篇最初刊于北平《华北日报》文学副刊。

到朗诵起来像说话，都还不像日常嘴里说的话。陆志韦先生却要诗说出来像日常嘴里说的话。他的《再谈谈白话诗的用韵》（见燕京大学新诗社主编的《创世曲》）的末尾说：

我最希望的，写白话诗的人先说白话，写白话，研究白话。写的是不是诗倒还在其次。

这篇文章开头就提到他的《杂样的五拍诗》，那发表在《文学杂志》二卷四期里，是用北平话写出的。要像日常嘴里说的话，自然非用一种方言不可。陆先生选了北平话，是因为赵元任先生说过“北平话的重音的配备最像英文不过”，而“五拍诗”也就是“无韵体”，陆先生是“要模仿莎士比亚的神韵”。

陆先生是最早的系统的试验白话诗的音节的诗人，试验的结果有本诗叫作《渡河》，出版在民国十二年。记得那时他已经在试验无韵体了。以后有意地试验种种西洋诗体的，要数徐志摩和卞之琳两位先生。这里要特别提出徐先生，他用北平话写了好些无韵体的诗，大概真的在模仿莎士比亚，在笔者看来是相当成功的，又用北平话写了好些别的诗，也够味儿。他的散文也在参用着北平话。他是浙江硖石人，集子里有硖石方言的诗，够道地的。他笔底下的北平话也许没有本乡话道地，不过活泼自然，而不难懂。他的北平话大概像陆先生在《用韵》那篇文里说的，“是跟老百姓学”的，可是学的只是说话的腔调，他说的多半还是知识分子自己的话。陆先生的五拍诗里的北平话，更看得出“是跟老百姓学”的，因为用的老百姓的词汇更多，更道地了。可是他说的更只是自己的话。他的五拍诗限定六行，与无韵体究竟不一样。这“是用国语写的”，“得用国语来念”，陆先生并且“把重音圈出来”，指示读者该怎样念。这一点也许算得是在“模仿莎士比亚”的无韵体罢。可是这二十三首诗，每首像一个七巧图，明明是英美近代诗的作风，说是模仿近代诗的神韵，也许更确切些。

近代诗的七巧图，作者固然费心思，读者更得费心思，所以“晦涩”是免不了的。陆先生这些诗虽然用着老百姓的北平话的腔调，甚至有些词汇也是老百姓的，可并不能够明白如话，更不像日常嘴里说的话。他在《用韵》那篇文里说“罚咒以后不再写那样的诗”，“因为太难写”，在《杂样的五拍诗》的引言里又说“有几首意义晦涩”，于是他“加上一点注解”。这些都是老实话。但是注解究竟不是办法。他又说“经验隔断，哪能引起共鸣”。这是晦涩的真正原因。他又在《用韵》里说：

中国的所谓新人物，依然是老脾气。哪怕连《千家诗》，《唐诗三百首》都没有见过的人，一说起这东西是“诗”，就得哼哼。一哼就把真正的白话诗哼毁了。

“真正的白话诗”是要“念”或说的。我们知道陆先生是最早的系统地试验白话诗的音节的诗人，又是音乐鉴赏家，又是音韵学家，他特别强调那“念”的“真正的白话诗”，是可以了解的；就因为这些条件，他的二十三首五拍诗，的确创造了一种“真正的白话诗”。可是他说“不会写大众诗”，“经验隔断，哪能引起共鸣”，也是真的。

用老百姓说话的腔调来写作，要轻松不难，要活泼自然，也不太难，要沉着却难；加上老百姓的词汇，要沉着更难。陆先生的五拍诗能够达到沉着的地步，的确算得是奇作。笔者自己很爱念这些诗，已经念过好几遍，还乐意念下去，念起来真够味。笔者多多少少分有陆先生的经验，虽然不敢说完全懂得这些诗，却能够从那自然而沉着的腔调里感到亲切。这些诗所说的，在笔者看来，可以说是爱自由的知识分子的悲哀。我们且来念念这些诗。开宗明义是这一首：

是一件百家衣，矮窗上的纸
苇子杆上稀稀拉拉的雪
松香琥珀的灯光为什么凄凉？
几千年，几万年，隔这一层薄纸
天气温和点，还有人认识我
父母生我在没落的书香门第

有一条注解：

一辈子没有种过地，也没有收过租，只挨着人家碗边上吃这一口饭。我小的时候，乡下人吃白米，豆腐，青菜，养几只猪，一大窝鸡。现在吃糠，享四大皆空自由。老觉得这口饭是赊来吃的。

诗里的“百家衣”，就是“这口饭是赊来吃的”。纸糊在“苇子杆子”上，矮矮的窗，雪落在窗上，屋里是黄黄的油灯光。读书人为什么这样“凄凉”呢？他老在屋里跟街上人和乡下人隔着；出来了，人家也还看待他是特殊的一类人。他孤单，他寂寞，他是在命定的“没落”了。这够多“凄凉”呢！

但是他并非忘怀那些比自己苦的人。请念第十九首：

在乡下，我们把肚子贴在地上
糊涂的天就压在我们的背上
老呱说：“天你怎么那么高呀？”
抬头一看，他果然比树还高
树上有山头，山头上还有树
老天爷，多给点儿好吃吃的吧。

这一首没有注解，确也比较好懂。“肚子贴在地上”是饿瘪了，“天高皇帝远”，谁来管你！但是还只有求告“老天爷”多给点儿吃的！——北平话似乎不说“好吃吃的”，“好吃的”也跟“吃的”不同。读书人，知识分子，也想到改革上，这是第三首：

明天到哪儿？大路的尽头在哪儿？
这一排杨树，空心的，腆着肚子，
扬起破烂的衣袖，把路遮断啦
纸灯儿摇摆，小驴儿，咦，拐弯啦。
黑蒙蒙的踏着癞蛤蟆求婚的拍子
走到岔路上，大车呢，许是往西啦

注解是：

十年前，卢沟桥还没有听到枪声，我仿佛已经想到现在的局面。在民族求生存的途径上，我宁愿像老戆赶大车，不开坦克车。

诗里“明天”和“大路”自然就是“民族求生存的途径”，“把路遮断”的“一排杨树”大概是在阻碍着改革的那些家伙罢。“纸灯儿”，黑暗里一点光明；“小驴儿”拐弯抹角地慢慢地走着夜路，“癞蛤蟆想吃天鹅肉”，“知其不可而为之”，大概会跟着“大车”“往西”的，“往西”就是西化。“往西”是西化，得看注解才想得到，单靠诗里的那个“西”字的暗示是不够的。这首诗似乎只说到个人的自由的努力；但是诗里念不出那“宁愿”的味儿。个人的自由的努力的最高峰是“创造”。第六首的后三行是：

脚底下的地要跳，像水煮开啦

鱼刚出水，毒龙刚醒来抖擞

活火的刀山上跳舞，我要创造

注解里引易卜生的话，“在美里死”。陆先生慨叹着“书香门第”的自己，慨叹着“乡下”的人，讥刺着“帮闲的”，怜惜着“孩子”，终于强调个人的“创造”，这是“明天”的“大路”。这条“路”也许就是将“大众”的和他“经验隔断”的吧?

《杂样的五拍诗》正是“创造”，“创造”了一种“真正的白话诗”。照陆先生自己声明的而论，他是成功了的。但是在一般的读者看来，这些诗恐怕是晦涩难懂得多；即使看了注解，恐怕还是不成吧。“难写”，不错，这比别的近代作风的诗更难，因为要巧妙地运用老百姓地腔调。但是麻烦的还在难懂。当然这些诗可以诉诸少数人，可是“跟老百姓学”而只诉诸少数人，似乎又是矛盾。这里“经验隔断”说明了一切。现在是有了不容忽视的“大众”，“大众”的经验跟个人的是两样。什么是“大众诗”，我们虽然还不知道，但是似乎已经在试验中，在创造中。大概还是得“作诗如说话”，就是明白如话。不过倒不必像一种方言，因为方言的词汇和调子实在不够用；明白如话的“话”该比嘴里说的丰富些，而且该不断地丰富起来。这就是已经在“大众”里成长的“活的语言”；比起这种话来，方言就显得呆板了。至于陆先生在《用韵》那篇文里说的轻重音，韵的通押，押韵形式，句尾韵等，是还值得大家参考运用的。

歌谣里的重叠[①]

重叠是歌谣的生命。

——编者注

歌谣以重叠为生命，脚韵只是重叠的一种方式。从史的发展上看，歌谣原只要重叠，这重叠并不一定是脚韵；那就是说，歌谣并不一定要用韵。韵大概是后起的，是重叠的简化。现在的歌谣有又用韵又用别种重叠的，更可见出重叠的重要来。重叠为了强调，也为了记忆。顾颉刚先生说过：

对山歌因问作答，非复沓不可。……儿歌注重于说话的练

① 本篇最初刊于北平《华北日报》俗文学副刊。

习，事物的记忆与滑稽的趣味，所以也有复沓的需要。

（《论〈诗经〉所录全为乐歌》上）

“复沓”就是重叠。说“对山歌因问作答，非复沓不可”，是说重叠由于合唱；当然，合唱不止于对山歌。这可说是为了强调。说“儿歌注重于说话的练习，事物的记忆，……也有复沓的需要”，是为了记忆；但是这也不限于儿歌。至于滑稽的趣味，似乎与重叠无关，绕口令或拗口令里的滑稽的趣味，是从词语的意义和声音来的，不是从重叠来的。

现在举几首近代的歌谣为例，意在欣赏，但是同时也在表示重叠的作用。美国何德兰的《孺子歌图》（收录的以北平儿歌为主）里有一首《足五趾歌》：

这个小牛儿吃草。
这个小牛儿吃料。
这个小牛儿喝水儿。
这个小牛儿打滚儿。
这个小牛儿竟卧着，
我们打他。

这是一首游戏歌，一面念，一面用手指点着，末了儿还打一下。这首歌的完整全靠重叠，没有韵。将五个足趾当作五个“小牛儿”，末一个不做事，懒卧着，所以打他。这是变化。同书另一首歌：

玲珑塔，
塔玲珑，
玲珑宝塔十三层。

这首歌主要的是“玲珑”一个词。前两行是颠倒的重叠，后一行还是重叠前两行，但是颠倒了“玲珑”这个词，又加上了“宝”和“十三层”两个词语，将句子伸长，其实还只是“玲珑”的意思。这些都是变化。这首歌据说现在还在游艺场里唱着，可是编得很长很复杂了。

邱峻先生辑的《情歌唱答》里有两首对山歌，是客家话：

女唱：
一日唔见涯心肝，
唔见心肝心不安。
唔见心肝心肝脱，
一见心肝脱心肝。
男答：
闲来么事想心肝，
紧想心肝紧不安。

我想心肝心肝想，
正是心肝想心肝。

两首全篇各自重叠，又彼此重叠，强调的是“心肝”，就是情人。还有北京大学印的《歌谣纪念增刊》里有刘达九先生记的四川的两首对山歌，是两个牧童在赛唱：

唱：
你的山歌没得我的山歌多，
我的山歌几箩篼。
箩篼底下几个洞，
唱得没得漏的多。
答：
你的山歌没得我的山歌多，
我的山歌牛毛多。
唱了三年三个月，
还没有唱完牛耳朵。

两首的头两句各自重叠，又彼此重叠，各自夸各自的“山歌多”；比喻都是本地风光，活泼、新鲜、有趣味。重叠的方式多得很，这里只算是“牛耳朵”罢了。

鲁迅先生的杂感[①]

鲁迅先生在文学上有独特的特色。

——编者注

最近写了一篇短文讨论“百读不厌”那个批评用语，照笔者分析的结果，所谓“百读不厌”，注重趣味与快感，不适用于我们的现代文学。可是现代作品里也有引人“百读不厌”的，不过那不是作品的主要的价值。笔者根据自己的经验，举出鲁迅先生的《阿Q正传》做例子，认为引人“百读不厌”的是幽默，这幽默是严肃的，不是油腔滑调的，更不只是为幽默而幽默。鲁迅先生的《随感录》，先是出现在《新青年》上后来收在《热风》里

① 本篇最初刊于《燕京新闻》副叶。

这种诗的结晶在《野草》里“达到了那高峰”。《野草》被称为散文诗，是很恰当的。《题辞》里说：

过去的生命已经死亡。我对于这死亡有大欢喜，因为我借此知道它曾经存活。死亡的生命已经朽腐。我对于这朽腐有大欢喜，因为我借此知道它还非空虚。

又说：

我自爱我的野草，但我憎恶这以野草作装饰的地面。地火在地下运行，奔突；熔岩一旦喷出，将烧尽一切野草，以及乔木，于是并且无可朽腐。

又说：

我以这一丛野草在明与暗，生与死，过去与未来之际，献于友与仇，人与兽，爱者与不爱者之前作证。

最后是：

去罢，野草，连着我的题辞！

这写在一九二七年，正是大革命的时代。他彻底地否定了“过去的生命”，连自己的《野草》连着这《题辞》，也否定了，但是并不否定他自己。他“希望”地下的火火速喷出，烧尽过去的一切；他“希望”的是中国的新生！在《野草》里比在《狂人日记》里更多地用了象征，用了重叠，来“凝结”来强调他的声音，这是诗。

他一面否定，一面希望，一面在战斗着。《野草》里的一篇《希望》，是一九二五年一月一日写的，他说：

我只得由我来肉薄这空虚中的暗夜了，纵使寻不到身外的青春，也总得自己来一掷我身中的迟暮。但暗夜又在那里呢？现在没有星，没有月光，以至笑的渺茫和爱的翔舞；青年们很平安，而我的面前又竟至于并且没有真的暗夜。

然而就在这一年他感到青年们动起来了，感到“真的暗夜”露出来了，这一年他写了特别多的“杂感”，就是收在《华盖集》里的。这一年“十二月三十一日之夜”写的《题记》里给了这些“短评”一个和《随感录》略有分别的名字，就是“杂感”。他说这些“杂感”“往往执滞在几件小事情上”，也就是从一般的“中国的病证”转到了个别的具体的事件上。虽然他还是将这种个别的事件“作为社会上的一种典型”（见前引冯雪峰先生那篇《附记》里引的鲁迅先生自己的话）来处理，可是这些“杂感”

比起《热风》中那些《随感录》确乎是更其现实的了；他是从诗回向散文了。换上“杂感”这个新名字，似乎不是随随便便的无所谓的。

散文的杂感增加了现实性，也增加了尖锐性。“一九三二年四月二十四日之夜”写的《三闲集》的《序言》里说道：

> 恐怕这“杂感”两个字，就使志趣高超的作者厌恶，避之惟恐不远了。有些人们，每当意在奚落我的时候，就往往称我为“杂感家”。

这正是尖锐性的证据。他这时在和“真的暗夜”“肉薄”了，武器是越尖锐越好，他是不怕“‘不满于现状’的‘杂感家’”这一个“恶谥”的。一方面如冯雪峰先生说的，“他又常痛惜他的小说和他的文章中的曲笔常被一般读者误解”。所以“更倾向于直剖明示的尖利的批判武器的创造”（见《鲁迅先生计划而未完成的著作》，也在《过去的时代》中）了。这种“直剖明示”的散文作风伴着战斗发展下去，“杂感”就又变为“杂文”了。“一九三二年四月三十日之夜”写的《二心集》的《序言》里开始就说：

> 这里是一九三〇与三一年两年间的杂文的结集。

末尾说：

自从一九三一年一月起，我写了较上年更多的文章，但因为揭载的刊物有些不同，文字必得和它们相称，就很少做《热风》那样简短的东西了；而且看看对于我的批评文字，得了一种经验，好像评论做得太简括，是极容易招得无意的误解，或有意的曲解似的。

又说：

这回连较长的东西也收在这里面。

“简单”改为不拘长短，配合着时代的要求，“杂文”于是乎成了大家都能用，尖利而又方便的武器了。这个创造是值得纪念的；虽然我们损失了一些诗，可是这是个更需要散文的时代。

中国学术的大损失
——悼闻一多先生

他要的是热情，是力量，是火一样的生命。

——编者注

一

闻一多先生在昆明惨遭暗杀，激起全国的悲愤。这是民主运动的大损失，又是中国学术的大损失。关于后一方面，作者知道得比较多，现在且说个大概，来追悼这一位多年敬佩的老朋友。

大家都知道闻先生是一位诗人。他的《红烛》，尤其他的《死水》，读过的人很多。这些集子的特色之一，是那些爱国诗。在抗战以前他也许是唯一的爱国新诗人。这里可以看出他对文学的态度。新文学运动以来，许多作者都认识了文学的政治性和社会性而有所表现，可是闻先生认识得特别亲切，表现得特别强调。他在过去的诗人中最敬爱杜甫，就因为杜诗政治性和社会性最浓厚。后来他更进一步，注意原始人的歌舞；这是集团的艺术，也是与生活打成一片的艺术。他要的是热情，是力量，是火一样的生命。

但是他并不忽略语言的技巧，大家都记得他是提倡诗的新格律的人，也是创造诗的新格律的人。他创造自己的诗的语言，并且创造自己的散文的语言。诗大家都知道，不必细说；散文如《唐诗杂论》，可惜只有五篇，那经济的字句，那完密而短小的篇幅，简直是诗。我听他近来的演说，有两三回也是这么精悍，字字句句好似称量而出，却又那么自然流畅。他因此也特别能够体会古代语言的曲折处。当然，以上这些都得靠学力，但是更得靠才气，也就是想象。单就读古书而论，固然得先通文字声韵之学；可是还不够，要没有活泼的想象力，就只能做出点滴的饾饤的工作，决不能融会贯通的。这里需要细心，更需要大胆。闻先生能够体会到古代语言的表现方式，他的校勘古书，有些地方胆大得吓人，但却是细心吟味所得；平心静气读下去，不由人不信。校书本有死校、活校之分；他自然是活校，而因为知识和技术的一般进步，他的成就骎骎乎驾活校的高邮王氏父子而上之。

他研究中国古代，可是他要使局部化了石的古代复活在现代人的心目中。因为这古代与现代究竟属于一个社会，一个国家，而历史是连贯的。我们要客观地认识古代；可是，是“我们”在客观地认识古代，现代的我们要能够在心目中想象古代的生活，要能够在心目中分享古代的生活，才能认识那活的古代，也许才是那真的古代——这也才是客观的认识古代。闻先生研究伏羲的故事或神话，是将这神话跟人们的生活打成一片；神话不是空想，不是娱乐，而是人民的生命欲和生活力的表现。这是死活存亡的消息，是人与自然斗争的记录，非同小可。他研究《楚辞》的神话，也是一样的态度。他看屈原，也将他放在整个时代、整个社会里看。他承认屈原是伟大的天才；但天才是活人，不是偶像，只有这么看，屈原的真面目也许才能再现在我们心中。他研究《周易》里的故事，也是先有一整个社会的影像在心里。研究《诗经》也如此，他看出那些情诗里不少歌咏性生活的句子；他常说笑话，说他研究《诗经》，越来越“形而下”了——其实这正表现着生命的力量。

他是有幽默感的人；他的认识古代，有时也靠着这种幽默感。看《匡斋尺牍》里《狼跋》一篇，便知道他能够体会到别人从不曾体会到的古人的幽默感。而所谓“匡斋”本于匡衡说诗解人颐那句话，正是幽默的意思。他的《死水》里《闻一多先生的书桌》，也是一首难得的幽默的诗。他有着强大的生命力，常跟我们说要活到八十岁，现在还不满四十八岁，竟惨死在那卑鄙恶毒的枪下！有个学生曾瞻仰他的遗体，见他“遍身血迹，双手抱头，全身痉挛”。唉！他是不甘心的，我们也是不甘心的！

《文艺复兴》，1946年。

二

闻先生的惨死尤其是在中国文学方面一个是不容易补偿的损失。

闻先生的专门研究是《周易》《诗经》《庄子》《楚辞》、唐诗，许多人都知道。他的研究工作至少有了二十年，发表的文字虽然不算太多，但积存的稿子却很多。这些并非零散的稿子，大都是成篇的，而且他亲手抄写得很工整。只是他总觉得还不够完密，要再加些功夫才愿意编篇成书。这可见他对于学术忠实而谨慎的态度。

他最初在唐诗上多用力量。那时已见出他是个考据家，并已见出他的考据的本领。他注重诗人的年代和诗的年代。关于唐诗的许多错误的解释与错误的批评，都由于错误的年代。他曾将唐代一部分诗人生卒年代可考者制成一幅图表，谁看了都会一目了然。他是学过图案画的，这帮助他在考据上发现了一种新技术；这技术是值得发展的。但如一般所知，他又是个诗人，并且是个在领导地位的新诗人，他亲自经过创作的甘苦，所以更能欣赏诗人与诗。他的《唐诗杂论》虽然只有五篇，但都是精彩逼人之作。这些不但将欣赏和考据融化得恰到好处，并且创造了一种诗样精粹的风格，读起来句句耐人寻味。

后来他在《诗经》《楚辞》上多用力量。我们知道要了解古代文学，必须从语言下手，就是从文字声韵下手。但必须能够活用文字声韵的种种条例，才能有所创获。闻先生最佩服王念孙父子，常将《读书杂志》《经义述闻》当作消闲的书读着。他在古书通读上有许多惊人而确切的发明。对于甲骨文和金文，也往往有独到之见。他研究《诗经》，注重那时代的风俗和信仰等等；这几年更利用弗洛伊德以及人类学的理论得到一些深入的解释。他对《楚辞》的兴趣似乎更大，而尤集中于其中的神话。他的研究神话，实在给我们学术界开辟了一条新的大路。关于伏羲的故事，他曾将许多神话综合起来，头头是道，创见最多，关系极大。曾听他谈过大概，可惜写出来的还只是一小部分。他研究《周易》，是爱其中的片段的故事，注重的是社会生活、经济生活的表现。近三四年他又专力研究《庄子》，探求原始道教的面目，并发见庄子一派政治上不合作的态度。以上种种都跟传统的研究不同：眼光扩大了、深入了，技术也更进步了、更周密了。所以贡献特别多、特别大。近年他又注意整个的中国文学史，打算根据经济史观去研究一番，可惜还没有动手就殉了道。

这真是我们一个不容易补偿的损失啊！

经典训练的价值不止在实用，还在文化。

经典训练

导 读

在中等以上的教育里，经典训练应该是一个必要的项目。经典训练的价值不在实用，而在文化。有一位外国教授说过，阅读经典的用处，就在教人见识经典一番。这是很明达的议论。再说做一个有相当教育的国民，至少对于本国的经典，也有接触的义务。

所谓经典是广义的用法，包括群经、先秦诸子、几种史书、一些集部；要读懂这些书，特别是经、子，得懂“小学”，就是文字学，所以《说文解字》等书也是经典的一部分。我国旧日的教育，可以说整个儿是读经的教育。经典训练成为教育的唯一的项目，自然偏枯失调；况且从幼童时代就开始，学生食而不化，也徒然摧残了他们的精力和兴趣。新式教育施行以后，读经渐渐废止。民国以来虽然还有一两回中小学读经运动，可是都失败了，大家认为是开倒车。另一方面，教育部制定的初中国文课程标准里却有“使学生从本国语言文字上，了解固有文化”的话，高中的标准里更有“培养学生读解古书，欣赏中国文学名著之能力”的话。初高中的国文教材，从经典选录的也不少。可见读经的废止并不就是经典训练的废止，经典训练不但没有废止，而且扩大了范围，不以经为限，又按着学生程度选材，可以免掉他们囫囵吞枣的弊病。这实在是一种进步。

我国经典，未经整理，读起来特别难，一般人往往望而生畏，结果是敬而远之。

朱子似乎见到了这个，他注“四书”，一种作用就是使“四书”普及于一般人。他是成功的，他的“四书”注后来成了小学教科书。又如清初人选注的《史记菁华录》，价值和影响虽然远在“四书”注之下，可是也风行了几百年，帮助初学不少。但到了现在这时代，这些书都不适用了。我们知道清代“汉学家”对于经典的校勘和训诂贡献极大。我们理想中一般人的经典读本——有些该是全书，有些只该是选本节本——应该尽可能地采取他们的结论；一面将本文分段，仔细地标点，并用白话文作简要的注释。每种读本还得有一篇切实而浅明的白话文导言。这需要见解、学力和经验，不是一个人一个时期所能成就的。商务印书馆编印的一些《学生国学丛书》，似乎就是这番用意，但离我们理想的标准还远着呢。理想的经典读本既然一时不容易出现，有些人便想着先从治标下手。顾颉刚先生用浅明的白话文译《尚书》，又用同样的文体写《汉代学术史略》，用意便在这里。这样办虽然不能教一般人直接亲近经典，却能启发他们的兴趣，引他们到经典的大路上去。这部小书也只是向这方面努力的工作。如果读者能把它当作一只船，航到经典的海里去，编撰者将自己庆幸，在经典训练上，尽了他做尖兵的一份儿。可是如果读者念了这部书，便以为已经受到了经典训练，不再想去见识经典，那就是以筌为鱼，未免辜负编撰者的本心了。

朱自清

三十一年二月，昆明西南联合大学。

——节选自《经典常谈·序》

古文学的欣赏

人情不相远。

——编者注

新文学运动开始的时候，胡适之先生宣布“古文”是“死文学”，给它撞丧钟，发讣闻。所谓“古文”，包括正宗的古文学。他是教人不必再做古文，却显然没有教人不必阅读和欣赏古文学。可是那时提倡新文化运动的人如吴稚晖、钱玄同两位先生，却叫人将线装书丢在茅厕里。后来有过一回“骸骨的迷恋”的讨论也是反对作旧诗，不是反对读旧诗。但是两回反对读经运动却是反对“读”的。反对读经，其实是反对礼教，反对封建思想；因为主张读经的人是主张传道给青年人，而他们心目中的道大概不离乎礼教，不离乎封建思想。强迫中小学生读经没有成为事实，就改了选读古书，为的了解“固有文化”。为了解“固有文化”而选读古书，似乎是国民分内的事，所以大家没有说话。

可是后来有了“本位文化”论，引起许多人的反感；“本位文化”论跟早年的保存国粹论不同，这不是残余的而是新兴的反动势力。这激起许多人，特别是青年人，反对读古书。

可是另一方面，在“本位文化”论之前有过一段关于“文学遗产”的讨论。讨论的主旨是如何接受文学遗产，倒不是扬弃它；自然，讨论到“如何”接受，也不免有所分别扬弃的。讨论似乎没有多少具体的结果，但是“批判的接受”这个广泛的原则，大家好像都承认。接着还有一回范围较小、性质相近的讨论。那是关于《庄子》和《文选》的。说《庄子》和《文选》的词汇可以帮助语体文的写作，的确有些不切实际。接受文学遗产若从“做”的一面看，似乎只有写作的态度可以直接供我们参考，至于篇章字句，文言语体各有标准，我们尽可以比较研究，却不能直接学习。因此许多大中学生厌弃教本里的文言，认为无益于写作；他们反对读古书，这也是主要的原因之一。但是流行的《作文法》《修辞学》《文学概论》这些书，举例说明，往往古今中外兼容并包；青年人对这些书里的“古文今解”倒是津津有味地读着，并不厌弃似的。从这里可以看出青年人虽然不愿信古，不愿学古，可是给予适当的帮助，他们却愿意也能够欣赏古文学，这也就是接受文学遗产了。

说到古今中外，我们自然想到翻译的外国文学。从新文学运动以来，语体翻译的外国作品数目不少，其中近代作品占多数；这几年更集中于现代作品，尤其是苏联的。但是希腊罗马的古典，也有人译，有人读，直到最近都如此。莎士比亚至少也有两种译本。可见一般读者（自然是青年人多），对外国的古典也在爱好着。可见只要能够让他们接近，他们似乎是愿意接受文学遗产的，不论中外。而事实上外国的古典倒容易接近些。有些青年人以为古书、古文学里的生活跟现代隔得太远，远得渺渺茫茫的，所以他们不能也不愿接受那些。但是外国古典该隔得更远了，怎么事实上倒反容易接受些呢？我想从头来说起，古人所谓“人情不相远”是有道理的。尽管社会组织不一样，尽管意识形态不一样，人情总还有不相远的地方。喜怒哀乐爱恶欲总还是喜怒哀乐爱恶欲，虽然对象不尽同，表现也不尽同。对象和表现的不同，由于风俗习惯的不同；风俗习惯的不同，由于地理环境和社会组织的不同。使我们跟古代跟外国隔得远的，就是这种风俗习惯；而使我们跟古文学跟外国文学隔得远的，尤其是可以算作风俗习惯的一环的语言文字。语体翻译的外国文学打通了这一关，所以倒比古文学容易接受些。

人情或人性不相远，而历史是连续的，这才说得上接受古文学。但是这是现代，我们有我们的立场。得弄清楚自己的立场，再弄清楚古文学的立场，所谓“知己知彼”，然后才能分别出哪些是该扬弃的，哪些是该保留的。弄清楚立场就是清算，也就是批判；“批判的接受”就是一面接受着，一面批判着。自己有立场，却并不妨碍了解或认识古文学，因为一面可以设身处地为古人着想，一面还是可以回到自己立场上批判的。这“设身处地”是欣赏的重要的关键，也就是所谓“感情移入”。个人生活在群体中，多少能够体会别人，多少能够为别人着想。关心朋友，关心大众，恕道和同情，都由于设身处地为别人着想；甚至“替古人担忧”也由于此。演戏、看戏，一是设身处地地演出，一是设身处地地看入。做人不要做坏人，做戏有时候却得做坏人。看戏恨坏人，有的人竟会丢石子甚至动手去打那戏台上的坏人。打起来确是过了分，然而不能不算是欣赏那坏人做得好，好得让这种看戏的忘了“我”。这种忘了“我”的人显然没有在批判着。有批判力的就不至如此，他们欣赏着，一面常常回到自己，自己的立场。欣赏跟行动分得开，欣赏有时可以影响行动，有时可以不影响，自己有分寸，做得主，就不至于糊涂了。读了武侠小说就结伴上峨眉山，的确是糊涂。所以培养欣赏力同时得培养批判力，不然，“有毒的”东西就太多了。然而青年人不愿意接受有些古书和古文学，倒不一定是怕那“毒”，他们的第一难关还是语言文字。

打通了语言文字这一关，欣赏古文学的就不会少，虽然不会赶上欣赏现代文学的多。语体翻译的外国古典可以为证。语体的旧小说如《水浒传》《西游记》《红楼梦》《儒林外史》，现在的读者大概比二三十年前要减少了，但是还拥有相当广大的读众。这些人欣赏打虎的武松、焚稿的林黛玉，却一般的未必崇拜武松，尤其未必崇拜林黛玉。他们欣赏武松的勇气和林黛玉的痴情，却嫌武松无知识，林黛玉不健康。欣赏跟崇拜也是分得开的。欣赏是情感的操练，可以增加情感的广度、深度，也可以增加高度。欣赏的对象或古或今，或中或外，影响行动或浅或深，但是那影响总是间接的，直接的影响是在情感上。有些行动固然可以直接影响情感；但是欣赏的机会似乎更容易得到些。要培养情感，欣赏的机会越多越好；就文学而论，古今中外越多能欣赏越好。这其间古文和外国文学都有一道难关，语言文字。外国文学可用语体翻译，古文学的难关该也不难打通的。

我们得承认古文确是“死文字”、死语言，跟现在的语体或白话不是一种语言。这样看，打通这一关也可以用语体翻译。这办法早就有人用过，现代也还有人用着。记得清末有一部《古文析义》，每篇古文后边有一篇白话的解释，其实就是逐句的翻译。那些翻译够清楚的，虽然啰唆些。但是那只是一部不登大雅之堂的启蒙书，不曾引起人们注意。“五四”运动以后，整理国故[①]引起了古书今译。顾颉刚先生的《盘庚篇今译》（见《古史辨》），最先引起我们的注意。他是要打破古书奥妙的气氛，所以将《尚书》里佶屈聱牙的这《盘庚》三篇用语体译出来，让大家看出那“鬼治主义”的把戏。他的翻译很谨严，也够确切；最难得的，又是三篇简洁明畅的白话散文，独立起来看，也有意思。近来郭沫若先生在《由周代农事诗论到周代社会》一文（见《青铜时代》）里翻译了《诗经》的十篇诗，风、雅、颂都有。他是用来论周代社会的，译文可也都是明畅的素朴的白话散文

①国故：又称国学。包含着过去中国的一切历史与文化。下文同。

诗。此外还有将《诗经》《楚辞》和《论语》作为文学来今译的，都是有意义的尝试。这种翻译的难处在乎译者的修养；他要能够了解古文学。批判古文学，还要能够照他所了解与批判的译成艺术性的或有风格的白话。

翻译之外，还有讲解，当然也是用白话。讲解是分析原文的意义并加以批判，跟翻译不同的是以原文为主。笔者在《国文月刊》里写的《古诗十九首集释》，叶绍钧先生和笔者合作的《精读指导举隅》（其中也有语体文的讲解），浦江清先生在《国文月刊》里写的《词的讲解》，都是这种尝试。有些读者嫌讲得太琐碎，有些却愿意细心读下去。还有就是白话注释，更是以读原文为主。这虽然有人试过，如《论语》白话注之类，可只是敷衍旧注，毫无新意，那注文又啰啰唆唆的。现在得从头做起，最难的是注文用的白话，现行的语体文里没有这一体，得创作，要简明朴实。选出该注释的词句也不易，有新义更不易。此外还有一条路，可以叫作拟作。谢灵运有《拟魏太子邺中集》，综合地拟写建安诗人，用他们的口气作诗。江淹有《杂拟诗》三十首，也是综合而扼要地分别拟写历代无名的五言诗人，也用他们自己的口气。这是用诗来拟诗。英国麦克士·比罗姆著《圣诞花环》，却以圣诞节为题用散文来综合的扼要地拟写当代各个作家。他写照了各个作家，也写照了自己。我们不妨如法炮制，用白话来尝试。以上四条路都通到古文学的欣赏；我们要接受古代作家文学遗产，就可以从这些路子走进去。

论中国文学选本与专籍[①]

瑕瑜相互见，历史有渊源。

——编者注

有一位朋友在大学里教词史，他的学生问他，读词是哪几种选本好。他和我们谈起这件事，当作一个笑话：大学生还只晓得读选本！他论的是大学生，自然不错。但对于大学生以外的人，譬如说中学生吧，这个意见就很值得讨论了。近世中国学人有一个传统，就是看不起选本。他们觉得读书若只读选本，只算是陋人而不是学人。这也有时代背景的。明朝以来，读书人全靠八股文猎取功名；他们用不着多读书，只消拿几种选本加意揣摩，便什么都有了。所以选本风行一时；大家脑子里有的是文章，而切实地做学问的却少。八股文选本风行以后，别种文体的选本也多起来；取材的标准以至评语圈点，大都受八股文的影响。空疏俗滥，辗转流传。选本为人诟病的主要原因在此。这种风气诚然是

①选自1930年《中学生》第10号。

陋，是要不得，但因此便抹杀一切选本和选家，却是不公道的。

近代兴办学校以后，大学中学国文课程的标准共有三变：一是以专籍为课本，二是用选本，三还是用选本，但加上课外参考书。一是清光绪中《钦定学堂章程》中所规定，二是自然的转变。转变的原因，据我想，是因为学校中科目太多了，不能在文字上费很多的精力。三是胡适之先生的提倡。他在《中学国文的教授》一文里，力主教学生多读参考书。后来人便纷纷开书目，又分出精读、泛读等名目。中学如此，大学自然更该如此。但实际上学生读那些课外参考书的，截至现在为止，似乎还不多。道尔顿制流行的时候，照实施该制的学校的表册看，应该有些学生真正读过些参考书；可惜未及知其详，该制就渐渐不大有人提起了。结果，大体还是以选本为主，只不过让学生另外多知道些书名而已。选本势力之大，由此可见；虽反对选本的人也不能否认。

大学生姑且不谈；就中学生说，我并不反对他们读选本，无论教授及自修。但单读选本是不够的，还得辅以相当分量的参考书（胡先生所拟议的太多了，中学生即使是文科的，怕也来不及）和严格的督促。我想中学生念国文的目的，不外乎获得文学的常识，培养鉴赏的能力，和练习表现的技术。无论读文言白话，俱是如此。我主张大家都用白话作文，但文言必须要读；词汇与成语，风格与技巧，白话都还有借助于文言的地方。这三种目的里，三是作文方面，现在不论。论前两种，则读选本实为最经济、最有效的办法。旧说选本的毛病共有三件：一是太熟太狭，如上所言。这是取材关系，补救极易。曾国藩《经史百家杂钞》已见及此；近年的选本更多推陈出新，自经史至于笔记、译文、诗、词、曲等，都可入选，只可惜又太零碎了。二是偏而不全，读者往往以一二篇概其余，养成不正确的观念。这是分量关系，也可矫正，详在下节。三是读者易为选者成见所囿，不能运用自家的思考力。但在中学生，常识还不够做判断的根据，只要指给他不至太偏的选本，于他正是适宜的引导。若让他读几本专书，他于这几本书即使能有自己意见，而对于相关的材料知道太少，那样意见也不会正确。若要他将相关的重要专籍都读过，又是时间所不许。——其实真正编得有道理的选本，也还有它的价值。读过专籍的人，可以拿它来印证自己的意见，增进对于原书的了解，不过这已不是中学生的事了。我说的选本是指用心选出来的，有目的有意义的而言；至于随手检阅而得，只要是著名的人著名的篇，便印为讲义，今日预备明日之用，这是碰本，不是选本。这种也许可以叫作“模范文”，但文之可以为“模范”者甚多，碰着的便是“模范”，碰不着的便不是，是什么道理？

选本的标准不同：或以时代，或以体制，或以事类，或以派别，或以人，或以地；也有兼用两种标准的。为中学生起见，我主张初中用分体办法；体不必多，叙事、写景、议论三种便够。因为初中学生对于文字的效用还未了然；这样做，意在给他打好鉴赏力和表现力的基础。类目标明与否，无甚关系，但文应以类相从。材料取近人白话作品及译文为主，辅以古今浅近的文言，不必采录古白话，古白话小说可另做参考之用。去取看表现艺术，思想也当注意。高中用分代分家办法，全选文言。分代只需包括周秦、汉魏、晋南北朝、唐宋的文和诗，加上宋词、元曲。每种只选最重要的几个大家，家数少，每家作品便多，不致有上文所说以一二篇概全体的弊病。每家不能专选一方面，大品与小品都要有。我主张只选这几个时代，并非看轻以后作品，只因最脍炙人口的东西，也就是一般人应有的中国文学常识，都在这几个时代内。中学生是不必求备的，这样尽够了，求备怕反浮而不切了。这种选本分量不至很多，再有简明的注，无须逐字逐句地讲解或检查，便是理科的学生也可相当采取的。文明书局有分代的诗文读本，有注，但还嫌家数太多，方面也太多。分人是进一步的专精的读法。专籍往往太多，且瑕瑜互见，徒乱初学心目；故我也主张用选本。旧有的如《十八家诗钞》，颇合用，《四史著华录》虽选而且删，却仍然好；——新的各种“精华”（中华、商务都有），当分别地看。这种宜用作参考书。此外可多读小说，古今作译，只要著名的都行，小说增加人的经验，提示种种生活的样式，又有趣味，最是文学入门的捷径。杂剧、传奇也可读，文字也许困难些。最后，各种关于中国文学的通论或导言，也是好的参考书；本刊编者夏先生[1]曾说要编辑中学生丛书，其中必有一部分是关于中国文学的。这种书应以精实为贵，但单读这种书，还不免是戏论，非与前说各种选本及参考书印证不可；因为那些是第一原料。

九月二十八夜，北平

---

①本刊，指《中学生》杂志；夏先生，即夏丏尊。

《唐诗三百首》指导大概[①]

读诗所欣赏的便是诗里所表现的那些平静了的情感。

——编者注

有些人在生病的时候或烦恼的时候，拿过一本诗来翻读，偶尔也朗吟几首，便会觉得心上平静些，轻松些。这是一种消遣，但跟玩骨牌或纸牌等等不同，那些大概只是碰碰运气。跟读笔记一类书也不同，那些书可以给人新的知识和趣味，但不直接调平情感。读小说在这些时候大概只注意在故事上，直接调平情感的效用也不如诗。诗是抒情的，直接诉诸情感，又是节奏的，同时直接诉诸感觉，又是最经济的，语短而意长。具备这些条件，读

①选自作者与叶圣陶合著的《略读指导举隅》。

了心上容易平静轻松，也是当然。自来说，诗可以陶冶性情，这句话不错。

但是诗绝不只是一种消遣，正如笔记一类书和小说等不是的一样。诗调平情感，也就是节制情感。诗里的喜怒哀乐跟实生活里的喜怒哀乐不同。这是经过“再团再炼再调和”的。诗人正在喜怒哀乐的时候，绝想不到作诗。必得等到他的情感平静了，他才会吟味那平静了的情感想到作诗；于是乎运思造句，作成他的诗，这才可以供欣赏。要不然，大笑狂号只教人心紧，有什么可欣赏的呢？读诗所欣赏的便是诗里所表现的那些平静了的情感。假如是好诗，说的即使怎样可气可哀，我们还是不厌百回读的。在实生活里便不然，可气可哀的事我们大概不愿重提。这似乎是有私、无私或有我无我的分别，诗里无我，实生活里有我。别的文学类型也都有这种情形，不过诗里更容易见出。读诗的人直接吟味那无我的情感，欣赏它的发而中节，自己也得到平静，而且也会渐渐知道节制自己的情感。一方面因为诗里的情感是无我的，欣赏起来得设身处地，替人着想。这也可以影响到性情上去。节制自己和替人着想这两种影响都可以说是人在模仿诗。诗可以陶冶性情，便是这个意思。所谓温柔敦厚的诗教，也只该是这个意思。

部定初中国文课程标准“目标”里有“养成欣赏文艺之兴趣”一项，略读教材里有“有注释之诗歌选本”一项。高中国文课程标准“目标”里又有“培养学生欣赏中国文学名著之能力”

一项，关于略读教材也有“选读整部或选本之名著”的话。欣赏文艺，欣赏中国文学名著，都不能忽略读诗。读诗家专集不如读诗歌选本。读选本虽只能“尝鼎一脔”①，却能将各家各派鸟瞰一番；这在中学生是最适宜的，也最需要的。有特殊的选本，有一般的选本。按着特殊的作派选的是前者，按着一般的品味选的是后者。中学生不用说该读后者。《唐诗三百首》正是一般的选本。这部诗选很著名，流行最广，从前是家传户诵的书，现在也还是相当普遍的书。但这部选本并不成为古典；它跟《古文观止》一样，只是当时的童蒙书，等于现在的小学用书。不过在现在的教育制度下，这部书给高中学生读才合式。无论它从前的地位如何，现在它却是高中学生最合式的一部诗歌选本。唐代是诗的时代，许多大诗家都在这时代出现，各种诗体也都在这时代发展。这部书选在清代中叶，入选的差不多都是经过一千多年淘汰的名作，差不多都是历代公认的好诗。虽然以明白易解为主，并限定诗篇的数目，规模不免狭窄些，却因此成为道地的一般的选本，高中学生读这部书，靠着注释的帮忙，可以吟味欣赏，收到陶冶性情的益处。

本书是清乾隆间一位别号“蘅塘退士”的人编选的。卷头有《题辞》，末尾记着“时乾隆癸未年春日，蘅塘退士题”。乾

①尝鼎一脔：品尝鼎里的一片肉，就可以知道整个鼎里的肉味。比喻根据部分可推知全体。也写作一脔之鼎。

隆癸未是公元一七六三年，到现在快一百八十年了。有一种刻本“题”字下押了一方印章，是“孙洙”两字，也许是选者的姓名。孙洙的事迹，因为眼前书少，还不能考出、印证。这件事只好暂时存疑。《题辞》说明编选的旨趣，很简短，抄在这里：

世俗儿童就学，即授《千家诗》，取其易于成诵，故流传不废。但其诗随手掇拾，工拙莫辨。且止七言律绝二体，而唐宋人又杂出其间，殊乖体制。因专就唐诗中脍炙人口之作择其尤要者，每体得数十首，共三百余首，录成一编，为家塾课本。俾童而习之，白首亦莫能废。较《千家诗》不远胜耶？谚云，“熟读唐诗三百首，不会吟诗也会吟”，请以是编验之。

这里可见本书是断代的选本，所选的只是“唐诗中脍炙人口之作”，就是唐诗中的名作。而又只是“择其尤要者”，所以只有三百余首，实数是三百一十首。所谓“尤要者”大概着眼在陶冶性情上。至于以明白易解的为主，是“家塾课本”的当然，无须特别提及。本书是分体编的，所以说“每体得数十首”。引谚语一方面说明为什么只选三百余首。但编者显然同时在模仿“三百篇”，《诗经》三百零五篇，连那有目无诗的六篇算上，共三百一十一篇；本书三百一十首，绝不是偶然巧合。编者是怕人笑他僭妄，所以不将这番意思说出。引谚语另一方面教人熟读，学会吟诗。我们现在也劝高中生熟读，熟读才真是吟味，才能欣赏到精微处。但现在却无须再学旧体诗了。

本书流传既广，版本极多。原书有注释和评点，该是出于编者之手。注释只注事，颇简当，但不释义。读诗首先得了解诗句的文义；不能了解文义，欣赏根本说不上。书中各诗虽然比较明白易懂，又有一些注，但在初学还不免困难。书中的评，在诗的行旁，多半指点作法，说明作意，偶尔也品评工拙。点只有句圈和连圈，没有读点和密点——密点和连圈都表示好句和关键句，并用的时候，圈的比点的更重要或更好。评点大约起于南宋，向来认为有伤雅道，因为妨碍读者欣赏的自由，而且免不了成见或偏见。但是谨慎的评点对于初学也未尝没有用处。这种评点可以帮助初学了解诗中各句的意旨并培养他们欣赏的能力。本书的评点似乎就有这样的效用。

但是最需要的还是详细的注释。道光年间，浙江省建德县（？）人章燮鉴于这个需要，便给本书作注，成《唐诗三百首注疏》一书。他的自跋作于道光甲午，就是公元一八三四年，离蘅塘退士题词的那年是七十一年。这注本也是“为家塾子弟起见”，很详细。有诗人小传，有事注，有意疏，并明作法，引评语；其中李白诗用王琦《李太白集注》，杜甫诗用仇兆鳌《杜诗详注》。原书的旁注也留着，但连圈没有——原刻本并句圈也没有。书中还增补了一些诗，却没有增选诗家。以注书的体例而论，这部书可以说是驳杂不纯，而且不免烦琐疏漏附会等毛病。书中有“子墨客卿”（名翰，姓不详）的校正语十来条，都确切可信。但在初学，这却是一部有益的书。这部书我只见过两种刻本。一种是原刻本。另一种是坊刻本，四川常见。这种刻本有句圈，书眉增录各家评语，并附道光丁酉（公元一八三七）印行的江苏金坛于庆元的《续选唐诗三百首》。读《唐诗三百首》用这个本子最好。此外还有商务印书馆铅印本《唐诗三百首》，根据蘅塘退士的原本而未印评语。又，世界书局石印《新体广注唐诗三百首读本》，每诗后有“注释”和“作法”两项。“注释”注事比原书详细些；兼释字义，却间有误处。“作法”兼说明作意，还得要领。卷首有“学诗浅说”，大致简明可看。书中只绝句有连圈，别体只有句圈；绝句连圈处也跟原书不同，似乎是抄印时随手加上，不足凭信。

本书编配各体诗，计五言古诗三十三首，乐府七首，七言古诗二十八首，乐府十四首，五言律诗八十首，七言律诗五十首，乐府一首，五言绝句二十九首，乐府八首，七言绝句五十一首，乐府九首，共三百一十首。五言古诗和乐府，七言古诗和乐府，两项总数差不多。五言律诗的数目超过七言律诗和乐府很多；七言绝句和乐府却又超出五言绝句和乐府很多。这不是编者的偏好，是反映着唐代各体诗发展的情形。五言律诗和七言绝句作得多，可选的也就多。这层下文还要讨论。五、七、古、律、绝的分别都在形式，乐府是题材和作风不同。乐府也等下文再论，先说五七古律绝的形式。这些又大别为两类：古体诗和近体诗。五七言古诗属于前者，五七言律绝属于后者。所谓形式，包括字数和声调（即节奏），律诗再加对偶一项。五言古诗全篇五言句，七言古诗或全篇七言句，或在七言句当中夹着一些长短句。如李白《庐山谣》开端道：

我本楚狂人，狂歌笑孔丘。
手持绿玉杖，朝别黄鹤楼。
五岳寻山不辞远，一生好入名山游。

又如他的《宣州谢朓楼饯别校书叔云》开端道：

弃我去者昨日之日不可留，乱我心者今日之日多烦忧。
长风万里送秋雁，对此可以酣高楼。

这些都是七言古诗。五七古全篇没有一定的句数。古近体诗都得用韵，通常两句一韵，押在双句末字；有时也可以一句一韵，开端时便多如此。上面引的第一例里“丘”“楼”“游”是韵，两句间见；第二例里“留”和“忧”是逐句韵，“忧”和“楼”是隔句韵。古体诗的声调比较近乎语言之自然，七言更其如此，只以读来顺口听来顺耳为标准。但顺口顺耳跟着训练的不同而有等差，并不是一致的。

近体诗的声调却有一定的规律；五七言绝句还可以用古体诗的声调，律诗老得跟着规律走。规律的基础在字调的平仄，字调就是平上去入四声，上去入都是仄声。五七言律诗基本的平仄式之一如次：

五律

仄仄平平仄　平平仄仄平

平平平仄仄　仄仄仄平平

仄仄平平仄　平平仄仄平

平平平仄仄　仄仄仄平平

七律

平平仄仄仄平平　仄仄平平仄仄平

仄仄平平平仄仄　平平仄仄仄平平

平平仄仄平平仄　仄仄平平仄仄平

仄仄平平平仄仄　平平仄仄仄平平

即使不懂平仄的人也能看出律诗是两组重复、均齐的节奏所构成，每组里又自有对称、重复、变化的地方。节奏本是异中有同，同中有异，律诗的平仄式也不外这个理。即使不懂平仄的人只默诵或朗吟这两个平仄式，也会觉得顺口顺耳；但这种顺口顺耳是音乐性的，跟古体诗不同，正和语言跟音乐不同一样。律诗既有平仄式，就只能有八句，五律是四十字，七律是五十六字——排律不限句数，但本书里没有。绝句的平仄式照律诗减半——七绝照七律的前四句——，就是只有一组的节奏。这里所举的平仄式只是最基本的，其中有种种重复的变化。懂得平仄的自然渐渐便会明白。不懂平仄的，只要多读，熟读，多朗吟，也能欣赏那些声调变化的好处，恰像听戏多的人不懂板眼也能分别唱的好坏，不过不大精确就是了。四声中国人人语言中有，但要辨别某字是某声，却得受过训练才成。从前的训练是对对子跟读四声表，都在幼小的时候。现在高中学生不能辨别四声也就是不懂平仄的，大概有十之八九。他们若愿意懂，不妨试读四声表。这只消从《康熙字典》卷首附载的《等韵切音指南》里选些容易读的四声如“巴把霸捌”“庚梗更格”之类，得闲就练习，也许不难一旦豁然贯通。（中华书局出版的《学诗入门》里有一个四声表，似乎还容易读出，也可用。）律诗还有一项规律，就是中四句得两两对偶，这层也在下文论。

初学人读诗，往往给典故难住。他们一回两回不懂，便望而生畏，因畏而懒；这会断了他们到诗去的路。所以需要注释。但典故多半只是历史的比喻和神仙的比喻；用典故跟用比喻往往是一个理，并无深奥可畏之处。不过比喻多取材于眼前的事物，容易了解些罢了。广义的比喻连典故在内，是诗的主要的生命素；诗的含蓄，诗的多义，诗的暗示力，主要的建筑在广义的比喻上。那些取材于经验和常识的比喻——一般所谓比喻只指这些——可以称为事物的比喻，跟历史的比喻，神仙的比喻是鼎足而三。这些比喻（广义，后同）都有三个成分：一、喻依，二、喻体，三、意旨。喻依是做比喻的材料，喻体是被比喻的材料，意旨是比喻的用意所在。先从事物的比喻说起。如“天边树若荠”（五古，孟浩然，《秋登兰山寄张五》），荠是喻依，天边树是喻体，登山望远树，只如荠菜一般，只见树的小和山的高，是意旨。意旨却没有说出。又，“今朝此为别，何处还相遇？世事波上舟，沿洄安得住！”（五古，韦应物，《初发扬子寄元大校书》）世事是喻体，沿洄不住的波上舟是喻依，惜别难留是意旨——也没有明白说出。又，“吴姬压酒劝客尝”（七古，李白，《金陵酒肆留别》），当垆是喻体，压酒是喻依，压酒的“压”和所谓“压装”的“压”用法一样，压酒是使酒的分量加重，更值得“尽觞”（原诗，“欲行不行各尽觞”）。吴姬当垆，助客酒兴是意旨。这里只说出喻依。又，“辞严义密读难晓，字体不类隶与蝌。年深岂免有缺画？快剑斫断生蛟鼍。鸾翔凤翥众仙下，珊瑚碧树交枝柯，金绳铁索锁纽壮，古鼎跃水龙腾梭”（七古，韩愈，《石鼓歌》）。“快剑”以下五句都是描写石鼓的字体的。这又分两层。第一，专描写残缺的字。缺画是喻体，“快剑”句是喻依，缺画依然劲挺有生气是意旨。第二，描写字体的一般。字体便是喻体，“鸾翔”以下四句是五个喻依——“古鼎跃水”跟“龙腾梭”各是一个喻依。意旨依次是隽逸，典丽，坚壮，挺拔——末两个喻依只一个意旨——都指字体而言，却都未说出。又，“大弦嘈嘈如急雨，小弦切切如私语；嘈嘈切切错杂弹，大珠小珠落玉盘。间关莺语花底滑，幽咽泉流冰下难”（原作“水下滩”，依段玉裁说改——七古，白居易，《琵琶行》）。这几句都描写琵琶的声音。大弦嘈嘈跟小弦切切各是喻体，急雨跟私语各是喻依，意旨一个是高而急，一个是低而急。“嘈嘈”句又是喻体，“大珠”句是喻依，圆润是意旨。“间关”二句各是一个喻依，喻体是琵琶的声音；前者的意旨是明滑，后者是幽涩。头两句的意旨未说出，这一层喻体跟意旨都未说出，事物的比喻虽然取材于经验和常识，却得新鲜，才能增强情感的力量；这需要创造的功夫。新鲜还得入情入理，才能让读者消化；这需要雅正的品味。

有时全诗是一套事物的比喻，或者一套事物的比喻渗透在全诗里。前者如朱庆餘《近试上张水部》：

洞房昨夜停红烛，待晓堂前拜舅姑。
妆罢低声问夫婿，“画眉深浅入时无？”（七绝）

唐代士子应试，先将所作的诗文呈给在朝的知名人看。若得他赞许宣扬，登科便不难。宋人诗话里说，“庆余遇水部郎中张籍，因索庆余新旧篇什，寄之怀袖而推赞之，遂登科”。这首诗大概就是呈献诗文时作的。全诗是新嫁娘的话，她在拜舅姑以前问夫婿，画眉深浅合适否？这是喻依。喻体是近试献诗文给人，朱庆余是在应试以前问张籍，所作诗文合式否？新嫁娘问画眉深浅，为的请夫婿指点，好让舅姑看得入眼。朱庆余问诗文合适与否？

为的请张籍指点，好让考官看得入眼。这是全诗的主旨。又，骆宾王《在狱咏蝉》：

西陆蝉声唱，南冠客思深。
不堪玄鬓影，来对白头吟。
露重飞难进，风多响易沉。
无人信高洁，谁为表予心！（五律）

这是闻蝉声而感身世。蝉的头是黑的，是喻体，玄鬓影是喻依，意旨是少年时不堪回首。“露重”一联是蝉，是喻依，喻体是自己，身微言轻是意旨。诗有长序，序尾道：“庶情沿物应，哀弱羽之飘零，道寄人知，悯余声之寂寞。”正指出这层意旨。“高洁”是蝉，也是人，是自己；这个词是双关的，多义的。又，杜甫《古柏行》（七古）咏夔州武侯庙和成都武侯祠的古柏，作意从“君臣已与时际会，树木犹为人爱惜”二语见出。篇末道：

大厦如倾要梁栋，万牛回首丘山重。
不露文章世已惊，未辞剪伐谁能送？
苦心岂免容蝼蚁？香叶终经宿鸾凤。
志士幽人莫怨嗟，古来材大难为用。

大厦倾和梁栋虽已成为典故，但原是事物的比喻。两者都是喻依。前者的喻体是国家乱；大厦倾会压死人，国家乱人民受难，这是意旨。后者的喻体是大臣，梁栋支柱大厦，大臣支持国家，这是意旨。古柏是栋梁材，虽然“不露文章世已惊”，也乐意供世用，但是太重了，太大了，谁能送去供用呢？无从供用，渐渐心空了，蚂蚁爬进去了；但是“香叶终经宿鸾凤”，它的身份还是高的。这是喻依。喻体是怀才不遇的志士幽人。志士幽人本有用世之心，但是才太大了，无人真知灼见，推荐入朝。于是贫贱衰老，为世人所揶揄，但是他们的身份还是高的。这是材大难为用，是意旨。

典故只是故事的意思。这所谓故事包罗的却很广大。经史子集等等可以说都是的；不过诗文里引用，总以常见的和易知的为主。典故有一部分原是事物的比喻，有一部分是事迹，另一部分是成辞。上文说典故是历史的比喻和神仙的比喻，是专从诗文的一般读者着眼，他们觉得诗文里引用史事和神话或神仙故事的地方最困难。这两类比喻都应该包括着那三部分。如前节所引《古柏行》里的“大厦如倾要梁栋”，“大厦之倾，非一木所支”，见《文中子》，“栝柏豫章虽小，已有栋梁之器”，是袁粲叹美王俭的话，见《晋书》。大厦倾和梁栋都是历史的比喻，同时可还是事物的比喻。又，“乾坤日夜浮”（五律，杜甫，《登岳阳楼》）是用《水经注》。《水经注》道：“洞庭湖广五百里，日月若出没其中。”乾坤是喻体，日夜浮是喻依。天地中间好像只有此湖；湖盖地，天盖湖，天地好像只是日夜漂浮在湖里。洞庭湖的广大是意旨。又，“古调虽自爱，今人多不弹”（五绝，刘长卿，《弹琴》），用魏文侯听古乐就要睡觉的话，见《礼记》。两句是喻依，世人不好古是喻体，自己不合时宜是意旨。这三例不必知道出处便能明白；但知道出处，句便多义，诗味更厚些。

引用事迹和成辞不然，得知道出处，才能了解正确。如“圣代无隐者，英灵尽来归。遂令东山客，不得顾采薇”（五古，王维，《送綦毋潜落第还乡》）。谢安曾隐居会稽东山。东山客是喻依，喻体是綦毋潜，意旨是大才隐处。采薇是伯夷、叔齐的故事，他们义不食周粟，隐于首阳山，采薇而食。采薇是喻依，隐居是喻体，自甘淡泊是意旨。又，“客心洗流水”（五律，李白，《听蜀僧濬弹琴》），流水用俞伯牙、钟子期的故事，俞伯牙弹琴，志在流水。钟子期就听出了，道：“洋洋乎，若江河！”诗句是倒装，原是说流水洗客心。流水是喻依，喻体是蜀僧濬的琴曲，意旨是曲调高妙。洗流水又是双关的，多义的。洗是喻依，净是喻体，高妙的琴曲涤净客心的俗虑是意旨。洗流水又是喻依，喻体是客心；听琴而客心清净，像流水洗过一般，是意旨。又，钱起《送僧归日本》（五律）道：“……浮天沧海远，去世法舟轻。……惟怜一灯影，万里眼中明。”一灯影用《维摩经》。经里道：“有法门，名无尽灯。譬如一灯燃百千灯，冥者皆明，明终不尽。夫一菩萨开导千百众生，令发阿耨多罗三藐三菩提心（译言‘无上正等正觉心’），其于道意亦不灭尽。是名无尽灯。”这儿一灯是喻依，喻体是觉者；一灯燃千百灯，一觉者造成千百觉者，道意不灭是意旨。但在诗句里，一灯影却指舟中禅灯的光影，是喻依，喻体是那日本僧，意旨是他回国传法，辗转无尽。——“惟怜”是“最爱”的意思。又，“后来鞍马何逡巡，当轩下马入锦茵。杨花雪落覆白苹，青鸟飞去衔红巾。炙手可热势绝伦，慎莫近前承相嗔！”（七古，乐府，杜甫，《丽人行》）全诗咏三月三日长安水边游乐的情形，以杨国忠兄妹为主。诗中上文说到虢国夫人和秦国夫人，这几句说到杨国忠——他那时是丞相。“杨花”二语正是暮春水边的景物。但是全诗里只在这儿插入两句景语，奇特的安排暗示别有用意。北魏胡太后私通杨华作《杨白花歌辞》，有“杨花飘荡落南家”，“愿衔杨花入窠里”等语。白苹，旧说是杨花入水所化。杨国忠也和虢国夫人私通。“杨花”句一方面是个喻依，喻体便是这件事实。杨国忠兄妹相通，都是杨家人，所以用杨花覆白苹为喻，暗示讥刺的意旨。青鸟是西王母传书带信的侍者。当时总该有些侍婢是给那兄妹二人居间。“青鸟”句一方面也是喻依，喻体便是这些居间的侍婢，意旨还是讥刺杨国忠不知耻。青鸟是神仙的比喻。这两句隐约其词，虽志在讥刺，而言之者无罪。又杜甫《登楼》（七律）：

花近高楼伤客心，万方多难此登临。
锦江春色来天地，玉垒浮云变古今。

北极朝廷终不改，西山寇盗莫相侵。

可怜后主还祠庙，日暮聊为《梁甫吟》。

旧注说本诗是代宗广德二年在成都作。元年冬，吐蕃陷京师，郭子仪收复京师，请代宗反正。所以有“北极”二句。本篇组织用赋体，以四方为骨干。锦江在东，玉垒山在西，“北极”二句是北眺所思。当时后主附祀先主庙中，先主庙在成都城南。“可怜”二句正是南瞻所感（罗庸先生说，见《国文月刊》九期）。可怜后主还有祠庙，受祭享；他信任宦官，终于亡国，辜负了诸葛亮出山一番。《三国志》里说“亮躬耕陇亩，好为《梁父吟》”，《梁父吟》的原辞不传（流传的《梁父吟》绝不是诸葛亮的《梁父吟》），大概慨叹小人当道。这二语一方面又是喻依，喻体是代宗和郭子仪；代宗也信任宦官，杜甫希望他“亲贤臣，远小人”（诸葛亮《出师表》中语），这是意旨。“日暮”句又是一喻依，喻体是杜甫自己；想用世是意旨。又，“今朝郡斋冷，忽念山中客。涧底束荆薪，归来煮白石”（五古，韦应物，《寄全椒山中道士》），煮白石用鲍靓事。《晋书》：“靓学兼内外，明天文河洛书。尝入海，遇风，饥甚，取白石煮食之。”煮白石是喻依，喻体是那山中道士，他的清苦生涯是意旨。这也是神仙的比喻。又，“总为浮云能蔽日，长安不见使人愁”（七律，李白，《登金陵凤凰台》），两句一贯，思君的意思似甚明白。但乐府《古杨柳行》道，“谗邪害公正，浮云冷白日”，古诗也道，“浮云蔽白日，游子不顾反”，本诗显然在引用成辞。陆贾《新语》说：“邪官之蔽贤，犹浮云之障日月。”本诗的“浮云能蔽日”一方面也是喻依，喻体大概是杨国忠等遮塞贤路。意旨是邪臣蔽君误国；所以有“长安”句。历史的比喻和神仙的比喻引用故事，得增减变化，才能新鲜入目。宋人所谓“以旧为新”，便是这意思。所引各例可见。

典故渗透全诗的，如孟浩然《临洞庭上张丞相》（五律）：

八月湖水平，涵虚混太清。
气蒸云梦泽，波撼岳阳城。
欲济无舟楫，端居耻圣明。
坐观垂钓者，徒有羡鱼情。

张丞相是张九龄，那时在荆州。前四语描写洞庭湖，三四是名句。后四语蝉联而下，还是就湖说，只“端居”句露出本意，这一语便是《论语》“邦有道，贫且贱焉，耻也”的意思。“欲济”句一方面说想渡湖上荆州去，却没有船，一方面是一喻依。伪《古文尚书·说命》殷高宗命傅说道，若济巨川，“用汝作舟楫”。本诗用这喻依，喻体却是欲用世而无引进的人，意旨是希望张丞相援手。“坐观”二语是一喻依。《汉书》用古人言，“临渊羡鱼，不如退而结网”。本诗里网变为钓。这一联的喻体是羡人出仕而得行道。自己无钓具，只好羡人家钓得的鱼，自己不得仕，只好羡人家行道。意旨同上。

全诗用典故最多的，本书中推杜甫《寄韩谏议注》一首（七古）：

今我不乐思岳阳，身欲奋飞病在床。
美人娟娟隔秋水，濯足洞庭望八荒。
鸿飞冥冥日月白，青枫叶赤天雨霜。
玉京群帝集北斗，或骑麒麟翳凤凰。
芙蓉旌旗烟雾落，影动倒景摇潇湘。
星宫之君醉琼浆，羽人稀少不在旁。
似闻昨者赤松子，恐是汉代韩张良。
昔随刘氏定长安，帷幄未改神惨伤。
国家成败吾岂敢，色难腥腐餐枫香。
周南留滞古所惜，南极老人应寿昌。
美人胡为隔秋水！焉得置之贡玉堂！

韩谏议的名字事迹无考。从诗里看，他是楚人，住在岳阳。肃宗平定安史之乱，收复东西京，他大约也是参与机密的一人。后来去官归隐，修道学仙。这首诗是爱惜他，思念他。第一节说思念他，是秋日，自己在病中。美人这喻依见《楚辞》，但在这儿是喻体，是韩谏议，意旨是他的才能出众。“鸿飞冥冥，弋人何篡焉！”见扬雄《法言》。这儿一方面描写秋天的实景，一方面是喻依；喻体还是韩谏议，意旨是他已逃出世网。第二节说京师贵官声势烜赫，而韩谏议不在朝。本节差不多全是神仙的比喻，各有来历。“玉京”句一喻依，喻体是集于君侧的朝廷贵官，意旨是他们承君命掌大权。“或骑”二语一套喻依——“烟雾落”就是落在烟雾中，喻体同上句，意旨是他们的骑从仪卫之盛。影是芙蓉旌旗的影。“影动”句一喻依，喻体是声势烜赫，从京师传遍天下；意旨是在潇湘的韩谏议也必闻知这种声势。星宫之君就是玉京群帝，醉琼浆的喻体是宴饮，意旨是征逐酒食。羽人是飞仙，羽人稀少就是稀少的羽人；全句一喻依，喻体是一些远引的臣僚不在这繁华场中，意旨是韩谏议没有分享到这种声势。第三节说韩谏议曾参预定乱收京大计，如今却不问国事，修道学仙。全节是神仙的比喻夹着历史的比喻。昨者是从前的意思。如今的赤松子，昨者“恐是汉代韩张良”。韩张良的跟赤松子的喻体都是韩谏议，前者的意旨是他有谋略，后者的意旨是他修道学仙。别的喻依可以准此类推下去。第四节说他闲居不出很可惜，祝他老寿，希望朝廷再起用他来匡君济世。太史公司马谈因病留滞周南，不得参与汉武帝的封禅大典，引为平生恨事。诗中“周南留滞”是喻依，喻体是韩谏议，意旨是他闲居乡里。南极老人就是寿星，是喻依，喻体同，意旨便是“应寿昌”。以上只阐明大端，细节从略。

诗和文的分别，一部分是在词句篇段的组织上，诗的组织比文的组织要经济些。引用比喻或典故，一个原因便是求得经济的组织。在旧体诗里，有字数声调对偶等制限，有时更不得不铸造一些特别经济的组织来适应。这种特殊的组织在文里往往没有，至少不常见。初学遇到这种地方也感困难，或误解，或竟不懂。这得去看看详细的注释。但读诗多了，常常比较着看，也可明白。这种特殊的组织也常利用比喻或典故组成，那便更复杂些。如刘长卿《送李中丞归汉阳别业》（五律）：

流落征南将，曾驱十万师。
罢归无旧业，老去恋明时。
独立三边静，轻生一剑知。
茫茫江汉上，日暮欲何知！

“轻生一剑知”就是一剑知轻生的意思；轻生是说李中丞作征南将时不顾性命杀敌人。一剑知就是自己知；剑是杀敌所用，是自己的一部分，部分代全体是修辞格之一。自己知又有两层用意：一是问心无愧，忠可报君，二是只有自己知，别人不知。上下文都可印证。又，“即此羡闲逸，怅然吟式微”（五古，王维，《渭川田家》），式微用《诗经》。《式微》篇道：“式微，式微，胡不归！”本诗的《式微》是篇名，指的是这篇诗。吟《式微》，只取“胡不归”那一语，用意是“何不归田呢”。又，“惟将迟暮供多病，未有涓埃答圣朝”（七律，杜甫，《野望》），“恐美人之迟暮”见《楚辞》，迟暮是老大无成的意思。“惟将”句是说自己已老大，不曾有所建树报答圣朝，加上迟暮的年华又都消磨在多病里，虽然“海内风尘”（见本诗第三句），却丝毫的力量也不能尽。“供”是喻依，杜甫自己是喻体，消磨在里面是意旨。这三例都是用辞格（也是一种比喻）或典故组成的。又如李颀《送陈章甫》（七古）末尾道，“闻道故林相识多，罢官昨日今如何？”昨日罢官，想到就要别了许多朋友归里，自然不免一番寂寞；但是“闻道故林相识多”，今日临行，想到就要会见着那些故林相识的朋友，又觉如何呢？——该不会寂寞了吧？昨今对照，用意是安慰。——昨日是日前的意思。又刘长卿《寻南溪常道士》：

一路经行处，莓苔见屐痕。
白云依静渚，芳草闭闲门。
过雨看松色，随山到水源。
溪花与禅意，相对亦忘言。

去寻常道士，他不在寓处；“随山到水源”才寻着。对着南溪边的花和常道士的禅意，却不觉忘言。相对是和“溪花与禅意”相对着。禅意给人妙悟，溪花也给人妙悟——禅家有拈花微笑的故事，那正是妙悟的故事——，所以说“与”。妙悟是忘言的。寻着了常道士，却被溪花与禅意吸引住！只顾欣赏那无言之美，不想多交谈，所以说“亦”忘言。又，韦应物《送杨氏女》（五古），是送女儿出嫁杨家，前面道："女子今有行，大江溯轻舟。尔辈苦无恃，抚念益慈柔。幼为长所育，两别泣不休。"篇尾道："归来视幼女，零泪缘缨流。"全诗不曾说杨氏女是长女，但读了这几句关系自然明白。

倒装这特殊的组织，诗里也常见。如"竹喧归浣女，莲动下渔舟"（五律，王维，《山居秋暝》），"归浣女""下渔舟"就是浣女归，渔舟下。又，"家书到隔年"（五律，杜牧，《旅宿》）就是家书隔年到。又，"东门酤酒饮我曹"（七古，李颀，《送陈章甫》），"饮我曹"就是我曹饮，从上下文可知。又，"名岂文章著，官应老病休"（五律，杜甫，《旅夜书怀》），就是文章岂著名，老病应休官。又，"幽映每白日"（五律，刘眘虚，《阙题》），就是白日每幽映。又，"徒劳恨费声"（五律，李商隐，《蝉》），就是费声恨徒劳。又，"竹怜新雨后，山爱夕阳时"（五律，钱起，《谷口书斋寄杨补阙》），就是怜新雨后之竹，爱夕阳时之山——怜爱同意。又，"独夜忆秦关，听钟未眠客"（五古，韦应物，《夕次盱眙县》）就是听钟未眠客，独夜忆秦关。这些倒装句里纯然为了适应字数声调对偶等制限的却没有，它们主要的作用还在增强语气。此外如"何因不归去，淮上对秋山？"（五律，韦应物，《淮上喜会梁州故人》）这是诘问自己，"何因"直贯下句，二语合为一句。这也为了经济的缘故。——至如"少陵无人谪仙死"（七古，韩愈，《石鼓歌》），"无人"也就是"死"。这是求新，求惊人。又，“百年多是几多时”（七律，元稹，《遣悲怀》之三），是说百年虽多，究竟又有多少时候呢。这也许是当时口语的调子。又如“云中君不见”（五律，马戴，《楚江怀古》），云中君是一个词，这句诗上三字下二字，跟一般五言句上二下三的不同，但似乎只是个无意为之的例外，跟古诗里“出郭门直视”一般。可是如“永夜角声悲自语，中天月色好谁看”（七律，杜甫，《宿府》），“五更鼓角声悲壮，三峡星河影动摇”（七律，杜甫，《阁夜》），都是上五下二，跟一般七言句上四下三或上二下五的不同，又，“近寒食雨草萋萋，著麦苗风柳映堤”（七绝，无名氏，《杂诗》），每句上四字作一二一，而一般作二二或三一。这些却是有意变调求新了。

本书选诗，各方面的题材大致都有，分配又匀称，没有单调或琐屑的弊病。这也是唐代生活小小的一个缩影。可是题材的内容虽反映着时代，题材的项目却多是汉魏六朝诗里所已有。只有音乐图画似乎是新的。赋里有以音乐为题材的，但晋以来就少。唐代音乐图画特别发达，反映到诗里，便增加了题材的项目。这也是时势使然。在各种题材里，“出处”是一重大的项目。从前读书人唯一的出路是出仕，出仕为了行道，自然也为了衣食。出仕以前的隐居、干谒、应试（落第）等，出仕以后的恩遇、迁谪，乃至忧民、忧国、思林栖、思归田等，乃至真个辞官归田，都是常见的诗的题目，本书便可作例。仕君行道是儒家的思想，隐居和归田都是道家的思想。儒道两家的思想合成了从前的读书人。现在时势变了，读书人不一定出仕，林栖、归田等思想也绝无仅有。有些人读这些诗，也许会觉得不真切，青年学生读书，往往只凭自己的狭隘的兴趣，更容易有此感。但是会读诗的人，多读诗的人能够设身处地，替古人着想，依然觉得这些诗真切。这是情感的真切，不是知识的真切。这些人不但对于现在有情感，对于过去也有情感。他们知道唐人的需要，唐人的得失，和现代人不一样，可是在读唐诗的时候，只让那对于过去的情感领着走；这种无私，无我，无关心的同情教他们觉到这些诗的真切。这种无关心的情感需要慢慢调整自己，扩大自己，才能养成。多读史、多读诗，是一条修养的途径，就是那些比较有普遍性的题材，如相思、离别、慈幼、慕亲、友爱等也还是需要无关心的情感。这些题材的节目多少也跟着时代改变一些，固执“知识的真切”的人读古代的这些诗，有时也不能感到兴趣。

至于咏古之作，如唐玄宗《经鲁祭孔子而叹之》（五律），是古人敬慕古人，纪时之作，如李商隐《韩碑》（七古），是古人论当时事。虽然我们也敬慕孔子，替韩愈抱屈，但知识地看，古人总隔一层。这些题材的普遍性比前一类低减些，不过还在“出处”那项目之上。还有，朝会诗，如岑参，王维《和贾至舍人早朝大明宫之作》（七律），见出一番堂皇富丽的气象；又，宫词，往往见出一番怨情，婉转可怜。可是这些题材现代生活里简直没有。最别扭的是边塞和从军之作，唐人很喜欢作这类诗，而悯苦寒讥黩武的居多数，跟现代人冒险尚武的精神恰恰相反。

但荒寒的边塞自是一种新境界，从军苦在当时也是一种真情的流露；若能节取，未尝没有是处。要能欣赏这几类诗，那得靠无关心的情感。此外，唐人酬应的诗很多，本书里也可见。有些人觉得作诗该等候感兴，酬应的诗不会真切。但伫兴而作的人向来大概不多；据现在所知，只有孟浩然是如此。作诗都在情感平静了的时候，运思造句都得用到理智；伫兴而作是无所为，酬应而作是有所为，在功力深厚的人其实无多差别。酬应的诗若能恰如分际，也就见得真切。况是这种诗里也不短至情至性之作。总之，读诗得除去成见和偏见，放大眼光，设身处地看去。

明代高棅编选《唐诗品汇》，将唐诗分为四期。后来虽有种种批评，这分期法却渐被一般沿用。初唐是高祖武德元年（公元六一八）至玄宗开元初（公元七一三），约一百年。盛唐是玄宗开元元年至代宗大历初（公元七六六），五十多年。中唐是代宗大历元年至文宗太和九年（公元八三五），七十年。晚唐是文宗开成元年（公元八三六）至昭宗天祐三年（公元九〇六），八十年。初唐诗还是齐梁的影响，题材多半是艳情和风云月露，讲究声调和对偶。到了沈佺期、宋之问手里，便成立了律诗的体制。这是唐代诗坛一件大事，影响后世最大。当时有个陈子昂，独主张复古，扩大诗的境界。但他死得早，成就不多，盛唐诗李白努力复古，杜甫努力开新。所谓复古，只是体味汉魏的作风和借用乐府诗的题目，并非模拟词句。所以陈子昂、李白都能独创一家，而李白的成就更大。他的成就主要的在七言乐府；绝句也独步一时。杜甫却各体诗都是创作，全然不落古人窠臼。他以时事入诗，议论入诗，使诗散文化，使诗扩大境界；一方面研究律诗的变化，用来表达各种新题材。他的影响的久远，似乎没有一个诗人比得上。这时期作七古体的最多，为的这一体比较自由，又刚在开始发展。而王维、孟浩然专用五律写山水，也能变古成家。中唐诗韦应物、柳宗元的五古以复古的作风创作，各自成家。古文家韩愈继承杜甫，更使诗向散文化的路上走。宋诗受他的影响极大。他的门下作诗，有词句冷涩的，有题材诡僻的；本书里只选了贾岛一首。另一面有些人描写一般的社会生活；这原是乐府精神，却也是杜甫开的风气。元稹、白居易主张诗该写社会生活而有规讽的作意，才是正宗。但他们的成就却不在此而在情景深切，明白如话。他们不避俗，跟韩愈一派恰相对照；可也出于杜甫。晚唐诗刻画景物，雕琢词句，题材又回到风云月露和艳情上，只加了一些雅事。诗境重趋狭窄，但精致过于前人。这时期精力集中在近体诗。精致的只是词句，全篇组织往往配合不上。就中李商隐、温庭筠虽咏艳情，却有大处奇处，不局蹐在绮靡的圈子里；而李商隐学杜学韩境界更广阔些。学杜韩而兼受温李熏染的是杜牧，豪放之余，不失深秀。本书选诗七十七家，初唐不到十家，盛中晚三期各二十多家。入选的诗较多的八家。盛唐四家：杜甫三十六首，王维二十九首，李白二十九首，孟浩然十五首。中唐二家：韦应物十二首，刘长卿十一首。晚唐二家：李商隐二十四首，杜牧十首。

李白诗，书中选五古三首，乐府三首，七古四首，乐府五首，五律五首，七律一首，五绝二首，乐府一首，七绝二首，乐府三首。各体都备，七古和乐府共九首，最多，五七绝和乐府共八首，居次。李白，字太白，蜀人，玄宗时做供奉翰林，触犯了杨贵妃，不能得志。他是个放浪不羁的人，便辞了职，游山水，喝酒，作诗。他的态度是出世的；作诗全任自然。当时称他为“天上谪仙人”，这说明了他的人和他的诗。他的乐府很多，取材很广；他其实是在抒写自己的生活，只借用乐府的旧题目而已。他的七古和乐府篇幅恢张，气势充沛，增进了七古体的价值。他的绝句也奠定了一种新体制。绝句最需要经济地写出，李白所作，自然含蓄，情韵不尽。书中所收《下江陵》一首，有人推为唐代七绝第一。杜甫诗，计五古五首，七古五首，乐府四首，五七律各十首[①]，五七绝各一首。只少五言乐府，别体都有。律诗共二十首，最多；七古和乐府共九首，居次。杜甫，字子美，河南巩县人。安禄山陷长安，肃宗在灵武即位。他从长安逃到灵武，做了左拾遗的官。后因事被放，辗转流落到成都，依故人严武，做到“检校工部员外郎”，世称杜工部。他在蜀住得很久。他是儒家的信徒，一辈子惦着仕君行道；又身经乱离，亲见民间疾苦。他的诗努力描写当时的情形，发抒自己的感想。唐

①《唐诗三百首》的通行本，所收杜甫七律为13首，即《咏怀古迹》5首，蘅塘居士只选2首，通行本增补3首。

代用诗取士，诗原是应试的玩意儿；诗又是供给乐工歌伎唱来伺候宫廷和贵人的玩意儿。李白用来抒写自己的生活，杜甫用来抒写那个大时代，诗的意境扩大了，地位也增高了。而杜甫抓住了广大的实在的人生，更给诗开辟了新世界。他的诗可以说是写实的；这写实的态度是从乐府来的。他使诗历史化，散文化，正是乐府的影响。七古体到他手里正式成立，律诗到他手里应用自如——他的五律极多，差不多穷尽了这一体的变化。

王维诗，计五古五首，七言乐府三首，五律九首，七律四首，五绝五首，七绝和乐府三首，五律最多。王维，字摩诘，太原人，试进士，第一，官至尚书右丞。世称王右丞。他会草书隶书，会画画。有别墅在辋川，常和裴迪去游览作诗。沈宋的五律还多写艳情，王维改写山水，选词造句都得自出心裁。从前虽也有山水诗，但体制不同，无从因袭。苏轼说他“诗中有画”。他是苦吟的，宋人笔记里说他曾因苦吟走入醋缸里；他的《渭城曲》（乐府），有人也推为唐代七绝压卷之作。他的诗是精致的。孟浩然诗，计五古三首，七古一首，五律九首，五绝二首，也是五律最多。孟浩然，名浩，以字行，襄州襄阳人，隐居鹿门山，四十岁才游京师。张九龄在荆州，召为僚属。他用五律写江湖，却不苦吟，伫兴而作。他专工五言，五言各体都擅长。山水诗不但描写自然，还欣赏自然；王维的描写比孟浩然多些。

韦应物诗，五古七首，五律二首，七律一首，五七绝各一首，五古多。韦应物，京兆长安人，做滁州刺史，改江州，入京做左司郎中，又出做苏州刺史。世称韦左司或韦苏州。他为人少食寡欲，常焚香扫地而坐。诗淡远如其人。五古学古诗，学陶诗，指事述情，明白易见——有理语也有理趣，正是陶渊明所长。这些是淡处。篇幅多短，句子浑含不刻画，是远处。朱子说他的诗篇无一字造作，气象近道。他在苏州所作《郡斋雨中与诸文士燕集》诗开端道："兵卫森画戟，宴寝凝清香；海上风雨至，逍遥池阁凉。"诗话推为一代绝唱，也只是为那肃穆清华的气象。篇中又道，"自渐居处崇，未睹斯民康"，《寄李儋元锡》（七律）也道，"邑有流亡愧俸钱"，这是忧民；识得为政之体，才能有些忠君爱民之言。刘长卿诗，计五律五首，七律三首，五绝三首，五律最多。刘长卿，字文房，河间人，登进士第，官终随州刺史。世称刘随州。他也是苦吟的人，律诗组织最为精密整练；五律更胜，当时推为"五言长城"。上文曾举过两首作例，可见出他的用心处。

李商隐诗，计七古一首，五律五首，七律十首，五绝一首，七绝七首，七律最多，七绝居次。李商隐，字义山，河内人，登进士第。王茂元镇河阳，召他掌书记，并使他做女婿。王茂元是李德裕同党；李德裕和令狐楚是政敌。李商隐和令狐本有交谊，这一来却得罪了他家。后来令狐楚的儿子令狐绹做了宰相，李商隐屡次写信表明心迹，他只是不理。这是李商隐一生的失意事，诗中常常涉及，不过多半隐约其词。后来柳仲郢镇东蜀，他去做过节度判官。他博学强记，又有隐衷，诗里的典故特别多。他的七律里有好些《无题》诗，一方面像是相思不相见的艳情诗，另一方面又像是比喻，咏叹他和令狐绹的事，寄托那“不遇”的意旨。还有那篇《锦瑟》，虽有题，解者也纷纷不一。那或许是悼亡诗，或许也是比喻。又有些咏史诗，如《隋宫》，或许不只是咏古，还有刺时的意旨。他的诗语既然是一贯的隐约，读起来便只能凭文义、典故和他的事迹作一些可能的概括的解释。他的七绝里也有这种咏史或游仙诗，如《隋宫》《瑶池》等。这些都是奇情壮采之作——一方面七律的组织也有了进步——，所以入选的多。他的七绝最著名的是《寄令狐郎中》一首。杜牧诗，五律一首，七绝九首，几乎是专选一体。杜牧，字牧之，登进士第。牛僧孺镇扬州，他在节度府掌书记，又做过司勋员外郎。世称杜司勋，又称小杜——杜甫称老杜。他很有政治的眼光，但朝中无人，终于是个失意者。他的七绝感慨深切，情辞新秀。《泊秦淮》一首也曾被推为压卷之作。

唐以前的诗，可以说大多数是五古，极少是七古；但那些时候并没有体制的分类。那些时候诗的分类，大概只从内容方面看；最显著的一组类别是五言诗和乐府诗。五言诗虽也从乐府转变而出，但从阮籍开始，已经高度的文人化，成为独立的抒情写景的体制。乐府原是民歌，叙述民间故事，描写各社会的生活，有时也说教，东汉以来文人仿作乐府的很多，大都沿用旧题旧调，也是五言的体制。汉末旧调渐亡，文人仿作，便只沿用旧题目；但到后来诗中的话也不尽合于旧题目。这些时候有了七言乐府，不过少极；汉魏六朝间著名的只有曹丕的《燕歌行》，鲍照的《行路难》十八首等。乐府多朴素的铺排，跟五言诗的浑含不露有别。五言诗经过汉魏六朝的演变，作风也分化。阮籍是一期，陶渊明、谢灵运是一期，“宫体”又是一期。阮籍抒情，“志在刺讥而文多隐避”（颜延年、沈约等注《咏怀诗》语），最是浑含不露。陶谢抒情、写景、说理，渐趋详切，题材是田园山水。宫体起于梁简文帝时，以艳情为主，渐讲声调对偶。

初唐五古还是宫体余风，陈子昂、张九龄、李白主张复古，虽标榜“建安”（汉献帝年号，建安体的代表是曹植），实是学阮籍。本书张九龄《感遇》二首便是例子。但盛唐五古，张九龄以外，连李白所作（《古风》除外）在内，可以说都是陶谢的流派。中唐韦应物、柳宗元也如此。陶谢的详切本受乐府的影响。乐府的影响到唐代最为显著。杜甫的五古便多从乐府变化。他第一个变了五古的调子，也是创了五古的新调子。新调子的特色是散文化。但本书所选他的五古还不是新调子，读他的长篇才易见出。这种新调子后来渐渐代替了旧调子。本书里似乎只有元结《贼退示官吏》一首是新调子；可是散文化太过，不是成功之作。至于唐人七古，却全然从乐府变出。这又有两派。一派学鲍照，以慷慨为主；一派学晋《白纻（舞名）歌辞》（四首，见《乐府诗集》）等，以绮艳为主。李白便是著名学鲍照的；盛唐人似乎已经多是这一派。七言句长，本不像五言句的易加整练，散文化更方便些。《行路难》里已有散文句。李白诗里又多些，如，“我欲因之梦吴越”（《梦游天姥吟留别》），又如上文举过的“弃我去者”二语。七古体夹长短句原也是散文化的一个方向。初唐陈子昂《登幽州台歌》全首道：“前不见古人，后不见来者。念天地之悠悠，独怆然而涕下。”简直没有七言句，却也可以算入七古里。到了杜甫，更有意地以文为诗，但多七言到底，少用长短句。后来人作七古，多半跟着他走。他不作旧题目的乐府而作了许多叙述时事，描写社会生活的诗。这正是乐府的本来面目。本书据《乐府诗集》采他的《哀江头》《哀王孙》等都放在七言乐府里，便是这个理。从他以后，用乐府旧题作诗的就渐渐地稀少了。另一方面，元镇、白居易创出一种七古新调，全篇都用平仄调协的律句，但押韵随时转换，平仄相间，各句安排也不像七律有一定的规矩。这叫长庆体。长庆是穆宗的年号，也是元白的集名。本书白居易的《长恨歌》《琵琶行》都是的。古体诗的声调本来比较近乎语言之自然，长庆体全用律句，反失自然，只是一种变调。但却便于歌唱。《长恨歌》可以唱，见于记载，可不知道是否全唱。五七古里律句多的本可歌唱，不过似乎只唱四句，跟唱五七绝一样。古体诗虽不像近体诗的整练，但组织的经济也最着重。这也是它跟散文的一个主要的分别。前举韦应物《送杨氏女》便是一例。又如李白《宣州谢朓楼饯别校书叔云》里道，“蓬莱文章建安骨，中间小谢又清发”，一方面说谢朓（小谢），一方面是比喻。且不说喻旨，只就文义看，“蓬莱”句又有两层比喻，全句的意旨是后汉文章首推建安诗。“中间”句说建安以后“大雅久不作”（见李白《古风》第一首），小谢清发，才重振遗绪；“中间”“又”三个字包括多少朝代，多少诗家，多少诗，多少议论！组织有时也变换些新方式，但得出于自然。如李白《梦游天姥吟留别》（七古）用梦游和梦醒做纲领，韩愈《八月十五夜赠张功曹》用唱歌跟和歌做纲领，将两篇歌辞穿插在里头。

律诗出于齐梁以来的五言诗和乐府。何逊、阴铿、徐陵、庾信等的五言都已讲究声调和对偶。庾信的《乌夜啼》乐府简直像七律一般；不过到了沈宋才成定体罢了。律首声调，前已论及。对偶在中间四句，就是第一组节奏的后两句，第二组节奏的前两句，也是异中有同，同中有异。这样，前四句由散趋整，后四句由整复归于散，增前两组节奏的往复回还的效用。这两组对偶又得自有变化，如一联写景，一联写情，一联写见，一联写闻之类，才不至板滞，才能和上下打成一片。所谓情景或见闻，只是从浅处举例，其实这中间变化很多，很复杂。五律如“地犹鄹氏邑，宅即鲁王宫。叹凤嗟身否，伤麟怨道穷”（唐玄宗，《经鲁祭孔子而叹之》）。四句虽两两平列，可是前一联上句范围大，下句范围小，后一联上句说平时，下句说将死，便见流走。又，“为我一挥手，如听万壑松。客心洗流水，余响入霜钟”（李白，《听蜀僧濬弹琴》）。前联一弹一听，后联一在弹，一已止，各是一串儿。又，“遥怜小儿女，未解忆长安；香雾云鬟湿，清辉玉臂寒”（杜甫，《月夜》）。“遥怜”直贯四句。小儿女“未解忆长安”固然可怜，“香雾”云云的人（杜甫妻）解得忆长安，也许更可怜些。前联只是一句话，后联平列；两相调剂着。律诗多在四句分段，但也不尽然，从这一首可见。又，前面引过的刘长卿《寻南溪常道士》次联“白云依静渚，芳草闭闲门”，似乎平列，用意却侧重寻常道士不遇，侧重在下句。三联“过雨看松色，随山到水源”，上句景物，下句动作，虽然平列而不是一类。再说“过雨”，暗示忽然遇雨，雨住后松色才更苍翠好看；这就兼着叙事，跟单纯写景又不同。

七律如“云边雁断胡天月，陇上羊归塞草烟。回日楼台非甲帐，去时冠剑是丁年”（温庭筠，《苏武庙》）。前联平列，但不是单纯的写景句；这中间引用着《汉书·苏武传》，上句意旨是和汉朝音信断绝（雁足传书事），下句意旨是无归期（匈奴使苏武牧牡羊，说牡羊有乳才许归汉）。后联说去汉时还是冠剑的壮年，回汉时武帝已死，“丁年奉使”见李陵《答苏武书》，甲帐是头等帐，是武帝作来敬神的，见《汉武故事》。这一联是倒装，为的更见出那“不堪回首”的用意。又，“玉玺不缘归日角，锦帆应是到天涯。于今腐草无萤火，终古垂杨有暮鸦”（李商隐，《隋宫》）。日角是额骨隆起如日，是帝王之相，这儿是根据《旧唐书》，用来指太宗。锦帆指隋炀帝的游船，见《开河记》。这一联说若不因为太宗得了天下，炀帝还该游得远呢。上句是因，下句是果。放萤火，种垂杨，都是炀帝的事。后联平列，上句说不放萤火，下句说垂杨栖鸦，一有一无，却见出“而今安在”一个用意。又，李商隐《筹笔驿》中二联道：“徒令上将挥神笔，终见降王走传车。管乐有才真不忝，关张无命欲何如！”筹笔驿在绵州绵谷县，诸葛武侯曾在那里驻军筹划。上将指武侯，降王指后主；管乐是管仲、乐毅，武侯早年曾自比这二人。前联也是倒装，因为“终见”，才觉“徒令”。但因“筹笔”想到“降王”，即景生情，虽倒装还是自然。后联也将“有”“无”对照，见出本诗末句“恨有余”的用意。七律对偶用倒装句，因果句，到晚唐才有。七言句长，整练较难，整练而能变化如意更难。唐代律诗刚创始，五言比较容易些，发展得自然快些。作五律的大概多些，好诗也多些，本书五律多，便是这个缘故。律诗也有不对偶或对偶不全的，如李白《夜泊牛渚怀古》（五律），又如崔颢《黄鹤楼》（七律）的次联，这些只算例外。又有不调平仄的，如《黄鹤楼》和王维《终南别业》（五律），也是例外。——也有故意这样作的，后来称为拗体，但究竟是变调。本书不选排律。七言排律本来少，五言的却多，也推杜甫为大家。排律将律诗的节奏重复多次，便觉单调，教人不乐意读下去。但本书不选，恐怕是为了典故多。晚唐律诗着重一句一联，忽略全篇的组织，因此后人评论律诗，多爱摘句，好像律诗篇幅完整的很少似的。其实不然，这只是偏好罢了。

绝句不是截取律诗的四句而成。绝句的源头在六朝乐府里。六朝五言四句的乐府很多，《子夜歌》最著名。这些大都是艳情之作，诗中用谐声辞格很多。谐声辞格如“蟢子”谐“喜”声，“藁砧”就是“鈇”（铡刀）谐“夫”声。本书选了权德舆

《玉台体》一首，就是这种诗。也许因为诗体太短，用这种辞格来增加它的内容，这也是多义的一式。但唐代五绝已经不用谐声辞格，因为不大方，范围也窄。唐代五绝有调平仄的，有不调平仄而押仄声韵的；后者声调上也可以说是古体诗，但题材和作风不同。所以容许这种声调不谐的五绝，大约也是因为诗体太短，变化少；多一些自由，可以让作者多一些回旋的地步。但就是这样，作得还是不多。七言四句的诗，唐以前没有，似乎是唐人的创作。这大概是为了当时流行的西域乐调而作；先有调，后有诗。五七绝都能歌唱，七绝歌唱的更多——该是因为声调曼长，好听些。作七绝的比作五绝的多得多，本书选得也多。唐人绝句有两种作风：一是铺排，一是含蓄。前者如柳宗元《江雪》：

千山鸟飞绝，万径人踪灭。
孤舟蓑笠翁，独钓寒江雪。

又，韦应物《滁州西涧》：

独怜幽草涧边生，上有黄鹂深树鸣。
春潮带雨晚来急，野渡无人舟自横。

柳诗铺排了三个印象，见出“江雪”的幽静，韦诗铺排了四个印象，见出西涧的幽静；但柳诗有“千山”“万径”“绝”“灭”

等词，显得那幽静更大些。所谓铺排，是平排（或略参差，如所举例）几个同性质的印象，让它们集合起来，暗示一个境界。这是让印象自己说明，也是经济的组织，但得选择那些精的印象。后者是说要从浅中见深，小中见大；这两者有时是一回事。含蓄的绝句，似乎是正宗，如杜牧《秋夕》：

银烛秋光冷画屏，轻罗小扇扑流萤。
天街夜色凉如水，卧看牵牛织女星。

是说宫人秋夕的幽怨，可作浅中见深的一例，又刘禹锡《乌衣巷》：

朱雀桥边野草花，乌衣巷口夕阳斜。
旧时王谢堂前燕，飞入寻常百姓家。

乌衣巷是晋代王导、谢安住过的地方，唐代早为民居。诗中只用野花、夕阳、燕子，对照今昔，便见出盛衰不常一番道理。这是小中见大，也是浅中见深。又，王之涣《登鹳雀楼》：

白日依山尽，黄河入海流。
欲穷千里目，更上一层楼。

鹳雀楼在平阳府蒲州城上。白日依山，黄河入海，一层楼的境界已穷，若要看得更远，更清楚，得上高处去。三四句上一层楼，穷千里目，是小中见大；但另一方面，这两句可能是个比喻，喻体是人生，意旨是若求远大得向高处去。这又是浅中见深了。但这一首比较前二首明快些。

论七绝的称含蓄为“风调”。风飘摇而有远情，调悠扬而有远韵，总之是余味深长。这也配合着七绝的曼长的声调而言，五绝字少节促，便无所谓风调。风调也有变化，最显著的是强弱的差别，就是口气否定、肯定的差别。明清两代论诗家推举唐人七绝压卷之作共十一首，见于本书的八首。就是：王维《渭城曲》（乐府），王昌龄《长信怨》或《出塞》（皆乐府），王翰《凉州词》，李白《下江陵》，王之涣《出塞》（乐府，一作《凉州词》），李益《夜上受降城闻笛》，杜牧《泊秦淮》。这中间四首是乐府，乐府的措辞总要比较明快些。其余四首虽非乐府，也是明快一类。只看八首诗的末二语便可知道。现在依次抄出：

劝君更进一杯酒，西出阳关无故人。

玉颜不及寒鸦色，犹带昭阳日影来。

但使龙城飞将在，不教胡马度阴山。

醉卧沙场君莫笑，古来征战几人回？

两岸猿声啼不住，轻舟已过万重山。

羌笛何须怨杨柳？春风不度玉门关。

不知何处吹芦管，一夜征人尽望乡。

商女不知亡国恨，隔江犹唱后庭花。

这些都用否定语做骨子，所以都比较明快些。这些诗也有所含蓄，可是强调。七绝原来专为唱歌而作，含蓄中略求明快，听者才容易懂，适应需要，本当如此。弱调的发展该是晚点儿。——不见于本书的三首，一首也是强调，二首是弱调。十一首中共有九首强调，可算是大多数。

当时为人传唱的绝句见于本书的，五言有王维的《相思》，七言有他的《渭城曲》，王昌龄的《芙蓉楼送辛渐》和《长信怨》，王之涣的《出塞》。《相思》道：

红豆生南国，春来发几枝？

愿君多采撷！此物最相思。

《芙蓉楼送辛渐》道：

寒雨连江夜入吴，平明送客楚山孤。

洛阳亲友如相问，一片冰心在玉壶。

除《长信怨》外，四首都是对称的口气，——王之涣“羌笛”句是说“你何须吹羌笛的《折柳词》来怨久别？”——那不见于本书的高適的“开箧泪沾臆，见君前日书”一首也是的（这本是一首五古的开端四语，歌者截取，作为绝句）。歌词用对称的口气，唱时好像在对听者说话，显得亲切。绝句用对称口气的特别多；有时用问句，作用也一般。这些原都是乐府的老调儿，绝句只是推广应用罢了。——风调转而为才调，奇情壮采依托在艳情故事上，是李商隐的七绝。这些诗虽增加了新类型，却非七绝的本色。他又有《雨夜寄北》一绝：

君问归期未有期，巴山夜雨涨秋池。
何当共剪西窗烛，却话巴山夜雨时！

这也是对称的口气。设想归后向那人谈此时此地的情形，见出此时此地思归和相念的心境，回环含蓄，却又亲切明快。这种重复的组织极精练可喜。但绝句以自然为主。像本诗的组织，精练不失自然，是可遇而不可求的。

朱宝莹先生有《诗式》（中华版），专释唐人近体诗的作法作意，颇切实，邵祖平先生有《唐诗通论》（《学衡》十二期）颇详明，都可参看。

《说文解字》别论

弄懂文字的结构、读音及其意义。

——编者注

中国文字相传是黄帝的史官叫仓颉的造的。这仓颉据说有四只眼睛，他看见了地上的兽蹄儿鸟爪儿印着的痕迹，灵感涌上心头，便造起文字来。文字的作用太伟大了，太奇妙了，造字真是一件神圣的工作。但是文字可以增进人的能力，也可以增进人的巧诈。仓颉泄露了天机，却将人教坏了。所以他造字的时候，“天雨粟，鬼夜哭”。人有了文字，会变机灵了，会争着去做那容易赚钱的商人，辛辛苦苦去种地的便少了。天怕人不够吃的，所以降下米来让他们存着救急。鬼也怕这些机灵人用文字来制他们，所以夜里号哭；文字原是有巫术的作用的。但仓颉造字的传说，战国末期才有。那时人并不都相信，如《系辞》里就只说文字是“后世圣人”造出来的。这“后世圣人”不止一人，是许多人。我们知道，文字不断地在演变着；说是一人独创，是不可能的。《系辞》的话自然合理得多。

“仓颉造字说”也不是凭空起来的。秦以前是文字发生与演化的时代，字体因世因国而不同，官书虽是系统相承，民间书却极为庞杂。到了战国末期，政治方面，学术方面，都感到统一的需要了，鼓吹的也有人了；文字统一的需要，自然也在一般意识之中。这时候抬出一个造字的圣人，实在是统一文字的预备功夫，好教人知道“一个”圣人造的字当然是该一致的。《荀子·解蔽篇》说：“好书者众矣，而仓颉独传者，一也”，“一”是“专一”的意思，这儿只说仓颉是个整理文字的专家，并不曾说他是造字的人，可见得那时“仓颉造字说”还没有凝成定型。但是，仓颉究竟是什么人呢？照近人的解释，“仓颉”的字音近于“商契”，造字的也许指的是商契。商契是商民族的祖宗。“契”有“刀刻”的义；古代用刀笔刻字，文字有“书契”的名称。可能因为这点联系，商契便传为造字的圣人。事实上商契也许和造字全然无涉，但这个传说却暗示着文字起于夏商之间。这个暗示也许是值得相信的。至于仓颉是黄帝的史官，始见于《说文·序》。“仓颉造字说”大概凝定于汉初，那时还没有定出他是哪一代的人；《说文·序》所称，显然是后来加添的枝叶了。

识字是教育的初步。《周礼·保氏》说贵族子弟八岁入小学，先生教给他们识字。秦以前字体非常庞杂，贵族子弟所学的，大约只是官书罢了。秦始皇统一了天下，他也统一了文字；小篆成了国书，别体渐归淘汰，识字便简易多了。这时候贵族阶级已经没有了，所以渐渐注重一般的识字教育。到了汉代，考试史、尚书史（书记秘书）等官儿，都只凭识字的程度；识字教育更注重了。识字需要字书。相传最古的字书是《史籀篇》，是周宣王的太史籀作的。这部书已经佚去，但许慎《说文解字》里收了好些“籀文”，又称为“大篆”，字体和小篆差不多，和始皇以前三百年的碑碣器物上的秦篆简直一样。所以现在相信这只是始皇以前秦国的字书。“史籀”是“书记必读”的意思，只是书名，不是人名。

始皇为了统一文字，叫李斯作了《仓颉篇》七章，赵高作了《爰历篇》六章，胡母敬作了《博学篇》七章。所选的字，大部分还是《史籀篇》里的，但字体以当时通用的小篆为准，便与“籀文”略有不同。这些是当时官定的标准字书。有了标准字书，文字统一就容易进行了。汉初，教书先生将这三篇合为一书，单称为《仓颉篇》。秦代那三种字书都不传了；汉代这个《仓颉篇》，现在残存着一部分。西汉时期还有些人作了些字书，所选的字大致和这个《仓颉篇》差不多。书中只有史游的《急就篇》还存留着。《仓颉》残篇四字一句，两句一韵。《急就篇》不分章而分部，前半三字一句，后半七字一句，两句一韵；所收的都是名姓、器物、官名等日常用字，没有说解。这些书和后世“日用杂字”相似，按事类收字——所谓分章或分部，都据事类而言。这些一面供教授学童用，一面供民众检阅用，所收约三千三百字，是通俗的字书。

东汉和帝时，有个许慎，作了一部《说文解字》。这是一部划时代的字书。经典和别的字书里的字，他都搜罗在他的书里，所以有九千字。而且小篆之外，兼收籀文、“古文”；“古文”是鲁恭王所得孔子宅“壁中书”及张仓所献《春秋左氏传》的字体，大概是晚周民间的别体字。许氏又分析偏旁，定出部首，将九千字分属五百四十部首。书中每字都有说解，用晚周人作的《尔雅》，扬雄的《方言》，以及经典的注文的体例。这部书意在帮助人通读古书，并非只供通俗之用，和秦代及西汉的字书是大不相同的。它保存了小篆和一些晚周文字，让后人可以溯源沿流；现在我们要认识商周文字，探寻汉以来字体演变的轨迹，都得凭这部书。而且不但研究字形得靠它，研究字音字义也得靠它。研究文字的形音义的，以前叫“小学”，现在叫文字学。从前学问限于经典，所以说研究学问必须从小学入手；现在学问的范围是广了，但要研究古典、古史、古文化，也还得从文字学入手。《说文解字》是文字学的古典，又是一切古典的工具或门径。

《说文·序》提起出土的古器物，说是书里也搜罗了古器物铭的文字，便是“古文”的一部分，但是汉代出土的古器物很少；而拓墨的法子到南北朝才有，当时也不会有拓本，那些铭文，许慎能见到的怕是更少。所以他的书里还只有秦篆和一些晚周民间书，再古的可以说是没有。到了宋代，古器物出土的多了，拓本也流行了，那时有了好些金石图录考释的书。“金”是铜器，铜器的铭文称为金文。铜器里钟鼎最是重器，所以也称为钟鼎文。这些铭文都是记事的。而宋以来发现的铜器大都是周代所作，所以金文多是两周的文字。清代古器物出土的更多，而光绪二十五年（公元一八九九）河南安阳发现了商代的甲骨，尤其是划时代的。甲是龟的腹甲，骨是牛胛骨。商人钻灼甲骨，以卜吉凶，卜完了就在上面刻字记录。这称为甲骨文，又称为卜辞，是盘庚（约公元前一三〇〇）以后的商代文字。这大概是最古的文字了。甲骨文，金文，以及《说文》里所谓“古文”，还有籀文，现在统统算作古文字，这些大部分是文字统一以前的官书。甲骨文是“契”的；金文是“铸”的。铸是先在模子上刻字，再倒铜。古代书写文字的方法除“契”和“铸”外，还有“书”和“印”，因用的材料而异。“书”用笔，竹木简以及帛和纸上用“书”。“印”是在模子上刻字，印在陶器或封泥上。古代用竹木简最多，战国才有帛；纸是汉代才有的。笔出现于商代，却只用竹木削成。竹木简、帛、纸，都容易坏，汉以前的，已经荡然无存了。

造字和用字有六个条例，称为“六书”。“六书”这个总名初见于《周礼》，但六书的各个的名字到汉人的书里才见。一是“象形”，象物形的大概，如“日”“月”等字。二是

“指事”，用抽象的符号，指示那无形的事类，如“二”（上）“ 二 ”（下）两个字，短画和长画都是抽象的符号，各代表着一个物类。“二”指示甲物在乙物之上，“ 二 ”指示甲物在乙物之下。这“上”和“下”两种关系便是无形的事类。又如“刃”字，在“刀”形上加一点，指示刃之所在，也是的。三是“会意”，会合两个或两个以上的字为一个字，这一个字的意义是那几个字的意义积成的，如“止”“戈”为“武”，“人”“言”为“信”等。四是“形声”，也是两个字合成一个字，但一个字是形，一个字是声；形是意符，声是音标。如“江”“河”两字，“氵”（水）是形，“工”“可”是声。但声也有兼义的。如“浅”“钱”“贱”三字，“水”“金”“贝”是形，同以“戋”为声；但水小为“浅”，金小为“钱”，贝小为“贱”，三字共有的这个“小”的意义，正是从“戋”字来的。象形、指事、会意、形声，都是造字的条例；形声最便，用处最大，所以我们的形声字最多。

五是“转注”，就是互训。两个字或两个以上的字，意义全部相同或一部相同，可以互相解释的，便是转注字，也可以叫作同义字。如“考”“老”等字，又如“初”“哉”“首”“基”等字；前者同形同部，后者不同形不同部，却都可以“转注”。同义字的滋生，大概是各地方言不同和古今语言演变的缘故。六是“假借”，语言里有许多有音无形的字，借了别的同音的字，当作那个意义用。如代名词，“予”“汝”“彼”

等，形况字“犹豫”“孟浪”“关关”“突如”等，虚助字“于”“以”“与”“而”“则”“然”“也”“乎”“哉”等，都是假借字。又如“令”，本义是“发号”，借为县令的“令”；“长”本义是“久远”，借为县长的“长”。“县令”“县长”是“令”“长”的引申义。假借本因有音无字，但以后本来有字的也借用别的字。所以我们现在所用的字，本义的少，引申义的多，一字数义，便是这样来的。这可见假借的用处也很广大。但一字借成数义，颇不容易分别。晋以来通行了四声，这才将同一字分读几个音，让意义分得开些。如“久远”的“长”平声，“县长”的“长”读上声之类。这样，一个字便变成几个字了。转注、假借都是用字的条例。

象形字本于图画。初民常以画记名，以画记事；这便是象形的源头。但文字本于语言，语言发于声音，以某声命物，某声便是那物的名字。这是“名”；“名”该只指声音而言。画出那物形的大概，是象形字。“文字”与“字”都是通称；分析地说，象形的字该叫作“文”，“文”是“错画”的意思。“文”本于“名”，如先有“日”名，才会有“日”这个“文”，“名”就是“文”的声音。但物类无穷，不能一一造“文”，便只得用假借字。假借字以声为主，也可以叫作“名”。一字借为数字，后世用四声分别，古代却用偏旁分别，这便是形声字。如“𠀠”本象箕形，是“文”，它的“名”是“ㄐ”。而日期的“期”，旗帜的“旗”，麒麟的“麒”等，在语言中与“𠀠”同声，却无专字，便都借用“㓞”字。后来才加“月”为“期”，加“㫃”为“旗”，加“鹿”为“麒”，一个字变成了几个字。严格地说，形声字才该叫作“字”，“字”是“孳乳而渐多”的意思。象形有抽象作用，如一画可以代表任何一物，“二”（上）“二”（下）“一”“二”“三”其实都可以说是象形。象形又有指示作用，如“刀”字上加一点，表明刃在那里。这样，旧时所谓指事字其实都可以归入象形字。象形还有会合作用，会合两个或两个以上的分子，表示一个意义；那么，旧时所谓会意字其实也可以归入象形字。但会合成功的不是“文”，也该是“字”。象形字、假借字、形声字，是文字发展的逻辑的程序，但甲骨文里三种字都已经有了。这里所说的程序，是近人新说，和“六书说”颇有出入。“六书说”原有些不完备不清楚的地方，新说加以补充修正，似乎更可信些。

秦以后只是书体演变的时代。演变的主因是应用，演变的方向是简易。始皇用小篆统一了文字，不久便又有了“隶书”。当时公事忙，文书多，书记虽遵用小篆，有些下行文书，却不免写得草率些。日子长了，这样写的人多了，便自然而然成了一体，称为“隶书”；因为是给徒隶等下级办公人看的。这种字体究竟和小篆差不多。到了汉末，才渐渐变了，椭圆的变为扁方的，“敛笔”变为“挑笔”。这是所谓汉隶，是隶书的标准。晋唐之间，又称为“八分书”。汉初还有草书，从隶书变化，更为简便。这从清末以来在新疆和敦煌发现的汉晋间的木简里最能见出。这种草书，各字分开，还带着挑笔，称为“章草”。魏晋之际，又嫌挑笔费事，改为敛笔，字字连书，以一行或一节为单位。这称为“今草”。隶书方整，去了挑笔，又变为“正书”。这起于魏代。晋唐之间，却称为“隶书”，而称汉隶为“八分书”。晋代也称为“楷书”。宋代又改称为“真书”。正书本也是扁方的，到陈隋的时候，渐渐变方了。到了唐代，又渐渐变长了。这是为了好看。正书简化，便成“行书”，起于晋代。大概正书不免于拘，草书不免于放，行书介乎两者之间，最为适用。但现在还通用着正书，而辅以行草。一方面却提倡民间的“简笔字”，将正书行书再行简化；这也还是求应用便利的缘故。

《尚书》别论

人心惟危，道心惟微；

惟精惟一，允执厥中。

——编者注

《尚书》是中国最古的记言的历史。所谓记言，其实也是记事，不过是一种特别的方式罢了。记事比较的是间接的，记言比较的是直接的。记言大部分照说的话写下来，虽然也需略加剪裁，但是尽可以不必多费心思。记事需要化自称为他称，剪裁也难，费的心思自然要多得多。

中国的记言文是在记事文之先发展的。商代甲骨卜辞大部分是些问句，记事的话不多见。两周金文也还多以记言为主。直到战国时代，记事文才有了长足的进展。古代言文大概是合一的，说出的写下的都可以叫作“辞”。卜辞我们称为“辞”，《尚书》的大部分其实也是“辞”。我们相信这些辞都是当时的“雅言”，就是当时的官话或普通话。但传到后世，这种官话或普通话却变成佶屈聱牙的古语了。

《尚书》包括虞夏商周四代，大部分是号令，就是向大众宣布的话，小部分是君臣相告的话。也有记事的，可是照近人的说数，那记事的几篇，大都是战国末年人的制作，应该分别地看。那些号令多称为“誓”或“诰”，后人便用“誓”“诰”的名字来代表这一类。平时的号令叫“诰”，有关军事的叫“誓”。君告臣的话多称为“命”；臣告君的话却似乎并无定名，偶然有称为“谟”的。这些辞有的是当代史官所记，有的是后代史官追记。当代史官也许根据亲闻，后代史官便只能根据传闻了。这些辞原来似乎只是说的话，并非写出的文告；史官记录，意在存作档案，备后来查考之用。这种古代的档案，想来很多，留下来的却很少。汉代传有《书序》，来历不详，也许是周秦间人所作。有人说，孔子删《书》为百篇，每篇有序，说明作意。这却缺乏可信的证据。孔子教学生的典籍里有《书》，倒是真的。那时代的《书》是个什么样子，已经无从知道。“书”原是记录的意思；大约那所谓“书”只是指当时留存着的一些古代的档案而言；那些档案恐怕还是一件件的，并未结集成书。成书也许是在汉人手里，那时候这些档案留存着的更少了，也更古了，更稀罕了；汉人便将它们编辑起来，改称《尚书》。“尚”，“上”也；《尚书》据说就是“上古帝王的书”。“书”上加一“尚”

字，无疑的是表示着尊信的意味。至于《书》称为“经”，始于《荀子》；不过也是到汉代才普遍罢了。

儒家所传的“五经”中，《尚书》残缺最多，因而问题也最多。秦始皇烧天下诗书及诸侯史记，并禁止民间私藏一切书。到汉惠帝时，才开了书禁；文帝接着更鼓励人民献书。书才渐渐见得着了。那时传《尚书》的只有一个济南伏生。伏生本是秦博士。始皇下诏烧诗书的时候，他将《书》藏在墙壁里。后来兵乱，他流亡在外。汉定天下，才回家；检查所藏的《书》，已失去数十篇，剩下的只二十九篇了。他就守着这一些，私自教授于齐鲁之间。文帝知道了他的名字，想召他入朝。那时他已九十多岁，不能远行到京师去。文帝便派掌故官司晁错来从他学。伏生私人的教授，加上朝廷的提倡，使《尚书》流传开去。伏生所藏的本子是用“古文”写的，还是用秦篆写的，不得而知；他的学生却只用当时的隶书抄录流布。这就是东汉以来所谓《今尚书》或《今文尚书》。汉武帝提倡儒学，立“五经”博士；宣帝时每经又都分家数立官，共立了十四博士。每一博士各有弟子员若干人。每家有所谓“师法”或“家法”，从学者必须严守。这时候经学已成利禄的途径，治经学的自然就多起来了。《尚书》也立下欧阳（和伯）、大小夏侯（夏侯胜、夏侯建）三博士，却都是伏生一派分出来的。当时去伏生已久，传经的儒者为使人尊信的缘故，竟有硬说《尚书》完整无缺的。他们说，二十九篇是取法天象的，一座北斗星加上二十八宿，不正是二十九吗？这二十九篇，东汉经学大师马融、郑玄都给作过注；可是那些注现在差不多亡失干净了。

汉景帝时，鲁恭王为了扩展自己的宫殿，去拆毁孔子的旧宅。在墙壁里得着“古文”经传数十篇，其中有《书》。这些经传都是用“古文”写的；所谓“古文”，其实只是晚周民间别体字。那时恭王肃然起敬，不敢再拆房子，并且将这些书都交还孔家的主人——孔子的后人叫孔安国的。安国加以整理，发见其中的《书》比通行本多出十六篇；这称为《古文尚书》。武帝时，安国将这部书献上去。因为语言和字体的两重困难，一时竟无人能通读那些“逸书”，所以便一直压在皇家图书馆里。成帝时，刘向、刘歆父子先后领校皇家藏书。刘向开始用《古文尚书》校勘今文本子，校出今文脱简及异文各若干。哀帝时，刘歆想将《左氏春秋》《毛诗》《逸礼》及《古文尚书》立博士；这些都是所谓“古文”经典。当时的“五经”博士不以为然，刘歆写了长信和他们争辩。这便是后来所谓今古文之争。

今古文之争是西汉经学一大史迹。所争的虽然只在几种经书，他们却以为关系孔子之道即古代圣帝明王之道甚大。“道”其实也是幌子，骨子里所争的还在禄位与声势；当时今古文派在这一点上是一致的。不过两派的学风确也有不同处。大致今文派继承先秦诸子的风气，“思以其道易天下”，所以主张通经致用。他们解经，只重微言大义；而所谓微言大义，其实只是他们自己的历史哲学和政治哲学。古文派不重哲学而重历史，他们要负起保存和传布文献的责任；所留心的是在章句、训诂、典礼、名物之间。他们各得了孔子的一端，各有偏畸的地方。到了东汉，书籍流传渐多，民间私学日盛。私学压倒了官学，古文经学压倒了今文经学；学者也以兼通为贵，不再专主一家。但是这时候“古文”经典中《逸礼》即《礼》古经已经亡佚，《尚书》之学，也不昌盛。

东汉初，杜林曾在西州（今新疆境）得漆书《古文尚书》一卷，非常宝爱，流离兵乱中，老是随身带着。他是怕“《古文尚书》学”会绝传，所以这般珍惜。当时经师贾逵、马融、郑玄都给那一卷《古文尚书》作注，从此《古文尚书》才显于世。原来“《古文尚书》学”直到贾逵才真正开始；从前是没有什么师说的。而杜林所得只一卷，决不如孔壁所出的多。学者竟爱重到那般地步。大约孔安国献的那部《古文尚书》，一直埋没在皇家图书馆里，民间也始终没有盛行，经过西汉末年的兵乱，便无声无息地亡失了吧。杜林的那一卷，虽经诸大师作注，却也没传到后世；这许又是三国兵乱的缘故。《古文尚书》的运气真够坏的，不但没有能够露头角，还一而再地遭到了些冒名顶替的事儿。这在西汉就有。汉成帝时，因孔安国所献的《古文尚书》无人通晓，下诏征求能够通晓的人。东莱有个张霸，不知孔壁的书还在。便根据《书序》，将伏生二十九篇分为数十，作为中段，又采《左氏传》及《书序》所说，补作首尾，共成《古文尚书百二篇》。每篇都很简短，文意又浅陋。他将这伪书献上去。成帝叫用皇家图书馆藏着的孔壁《尚书》对看，满不是的。成帝便将张霸下在狱里，却还存着他的书，并且听它流传世间。后来张霸的再传弟子樊并谋反，朝廷才将那书毁废；这第一部伪《古文尚书》就从此失传了。

到了三国末年，魏国出了个王肃，是个博学而有野心的人。他伪作了《孔子家语》《孔丛子》，又伪作了一部孔安国的《古文尚书》，还带着孔安国的传。他是个聪明人，伪造这部《古文尚书》孔传，是很费心思的。他采辑群籍中所引“逸书”，以及历代嘉言，改头换面，巧为联缀，成功了这部书。他是参照汉儒的成法，先将伏生二十九篇分割为三十三篇，另增多二十五篇，共五十八篇，以合于东汉儒者如桓谭、班固所记的《古文尚书》篇数。所增各篇，用力阐明儒家的“德治主义”，满纸都是仁义道德的格言。这是汉武帝罢黜百家、专崇儒学以来的正统思想，所谓大经大法，足以取信于人。只看宋以来儒者所口诵心惟的“十六字心传”，正在他伪作的《大禹谟》里，便见出这部伪书影响之大。其实《尚书》里的主要思想，该是“鬼治主义”，像《盘庚》等篇所表现的。“原来西周以前，君主即教主，可以为所欲为，不受什么政治道德的拘束。逢到臣民不听话的时候，只要抬出上帝和先祖来，自然一切解决。”这叫作“鬼治主义”。“西周以后，因疆域的开拓，交通的便利，富力的增加，文化大开。自孔子以至荀卿、韩非，他们的政治学说都建筑在人性上面。尤其是儒家，把人性扩张得极大。他们觉得政治的良好只在诚信的感应；只要君主的道德好，臣民自然风从，用不到威力和鬼神的压迫。”这叫作“德治主义”。看古代的档案，包含着“鬼治主义”思想的，自然比包含着“德治主义”思想的可信得多。但是王肃的时代早已是“德治主义”的时代；他的伪书所以专从这里下手。他果然成功了。只是词旨坦明，毫无佶屈聱牙之处，却不免露出了马脚。

晋武帝时候，孔安国的《古文尚书》曾立过博士；这《古文尚书》大概就是王肃伪造的。王肃是武帝的外祖父，当时即使有怀疑的人，也不敢说话。可是后来经过怀帝永嘉之乱，这部伪书也散失了，知道的人很少。东晋元帝时，豫章内史梅赜发见了它，便拿来献到朝廷上去。这时候伪《古文尚书》孔传便和马、郑注的尚书并行起来了。大约北方的学者还是信马、郑的多，南方的学者才是信伪孔的多。等到隋统一了天下，南学压倒了北学，马、郑《尚书》，习者渐少。唐太宗时，因章句繁杂，诏令孔颖达等编撰《五经正义》；高宗永徽四年（公元六五三），颁行天下，考试必用此本。《正义》成了标准的官书，经学从此大统一。那《尚书正义》便用的伪《古文尚书》孔传。伪孔定于一尊，马、郑便更没人理睬了；日子一久，自然就残缺了，宋以来差不多就算亡了。伪《古文尚书》孔传如此这般冒名顶替了一千年，直到清初的时候。

这一千年中间，却也有怀疑伪《古文尚书》孔传的人。南宋的吴棫首先发难。他有《书稗传》十三卷，可惜不传了。朱子因孔安国的“古文”字句皆完整，又平顺易读，也觉得可疑。但是他们似乎都还没有去找出确切的证据。至少朱子还不免疑信参半；他还采取伪《大禹谟》里“人心”“道心”的话解释“四书”，建立道统呢。元代的吴澄才断然地将伏生今文从伪古文分出；他的《尚书纂言》只注解今文，将伪古文除外。明代梅鷟著《尚书考异》，更力排伪孔，并找出了相当的证据。但是严密钩稽决疑定谳的人，还得等待清代的学者。这里该提出三个可尊敬的名字。第一是清初的阎若璩，著《古文尚书疏证》，第二是惠栋，著《古文尚书考》，两书辨析详明，证据确凿，教伪孔体无完肤，真相毕露。但将作伪的罪名加在梅赜头上，还不免未达一间。第三是清中叶的丁晏，著《尚书余论》，才将真正的罪人王肃指出。千年公案，从此可以定论。这以后等着动手的，便是搜辑汉人的伏生《尚书》说和马、郑注。这方面努力的不少，成绩也斐然可观；不过所能做到的，也只是抱残守缺的工作罢了。伏生《尚书》从千年迷雾中重露出真面目，清代诸大师的劳绩是不朽的。但二十九篇固是真本，其中也还该分别地看。照近人的意见，《周书》大都是当时史官所记，只有一二篇像是战国时人托古之作。《商书》究竟是当时史官所记，还是周史官追记，尚在然疑之间。《虞书》《夏书》大约多是战国末年人托古之作，只《甘誓》那一篇许是后代史官追记的。这么着，《今文尚书》里便也有了真伪之分了。

《诗经》别论

“一人的机锋，多人的智慧。”

——编者注

诗的源头是歌谣。上古时候，没有文字，只有唱的歌谣，没有写的诗。一个人高兴的时候或悲哀的时候，常愿意将自己的心情诉说出来，给别人或自己听。日常的言语不够劲儿，便用歌唱；一唱三叹的叫别人回肠荡气。唱叹再不够的话，便手也舞起来了，脚也蹈起来了，反正要将劲儿使到了家。碰到节日，大家聚在一起酬神作乐，唱歌的机会更多。或一唱众和，或彼此竞胜。传说葛天氏的乐八章，三个人唱，拿着牛尾，踏着脚，似乎就是描写这种光景的。歌谣越唱越多，虽没有书，却存在人的记忆里。有了现成的歌儿，就可借他人酒杯，浇自己块垒；随时拣一支合式的唱唱，也足可消愁解闷。若没有完全合式的，尽可删一些、改一些，到称意为止。流行的歌谣中往往不同的词句并行不悖，就是为此。可也有经过众人修饰，作为定本的。歌谣真可说是“一人的机锋，多人的智慧”了。

歌谣可分为徒歌和乐歌。徒歌是随口唱，乐歌是随着乐器唱。徒歌也有节奏，手舞足蹈便是帮助节奏的；可是乐歌的节奏更规律化些。乐器在中国似乎早就有了，《礼记》里说的土鼓、土槌儿、芦管儿，也许是我们乐器的老祖宗。到了《诗经》时代，有了琴瑟钟鼓，已是洋洋大观了。歌谣的节奏最主要的靠重叠或叫复沓；本来歌谣以表情为主，只要翻来覆去将情表到了家就成，用不着费话。重叠可以说原是歌谣的生命，节奏也便建立在这上头。字数的均齐，韵脚的调协，似乎是后来发展出来的。有了这些，重叠才在诗歌里失去主要的地位。

有了文字以后，才有人将那些歌谣记录下来，便是最初的写的诗了。但记录的人似乎并不是因为欣赏的缘故，更不是因为研究的缘故。他们大概是些乐工，乐工的职务是奏乐和唱歌；唱歌得有词儿，一面是口头传授，一面也就有了唱本儿。歌谣便是这么写下来的。我们知道春秋时的乐工就和后世阔人家的戏班子一样，老板叫作太师。那时各国都养着一班乐工，各国使臣来往，宴会时都得奏乐唱歌。太师们不但得搜集本国乐歌，还得搜集别国乐歌。不但搜集乐词，还得搜集乐谱。那时的社会有贵族与平民两级。太师们是伺候贵族的，所搜集的歌儿自然得合贵族们的口味；平民的作品是不会入选的。他们搜得的歌谣，有些是乐歌，有些是徒歌。徒歌得合乐才好用。合乐的时候，往往得增加重叠的字句或章节，便不能保存歌词的原来样子。除了这种搜集的歌谣以外，太师们所保存的还有贵族们为了特种事情，如祭祖、宴客、房屋落成、出兵、打猎等等作的诗。这些可以说是典礼的诗。又有讽谏、颂美等等的献诗；献诗是臣下作了献给君上，准备让乐工唱给君上听的，可以说是政治的诗。太师们保存下这些唱本儿，带着乐谱，唱词儿共有三百多篇，当时通称作“《诗》三百”。到了战国时代，贵族渐渐衰落，平民渐渐抬头，新乐代替了古乐，职业的乐工纷纷散走。乐谱就此亡失，但是还有三百来篇唱词儿流传下来，便是后来的《诗经》了。

“诗言志”是一句古话：“诗”（䛭）这个字就是“言”“志”两个字合成的。但古代所谓“言志”和现在所谓“抒情”并不一样；那“志”总是关联着政治或教化的。春秋时通行赋诗。在外交的宴会里，各国使臣往往得点一篇诗或几篇诗叫乐工唱。这很像现在的请客点戏，不同处是所点的诗句必加上政治的意味。这可以表示这国对那国或这人对那人的愿望、感谢、责难等等，都从诗篇里断章取义。断章取义是不管上下文的意义，只将一章中一两句拉出来，就当前的环境，作政治的暗示。如《左传》襄公二十七年，郑伯宴晋使赵孟于垂陇，赵孟请大家赋诗，他想看看大家的“志”。子太叔赋的是《野有蔓草》。原诗首章云：“野有蔓草，零露漙兮，有美一人，清扬婉兮。邂逅相遇，适我愿兮。”子太叔只取末两句，借以表示郑国欢迎赵孟的意思；上文他就不管。全诗原是男女私情之作，他更不管了。可是这样办正是“诗言志”；在那回宴会里，赵孟就和子太叔说了“诗以言志”这句话。

到了孔子时代，赋诗的事已经不行了，孔子却采取了断章取义的办法，用《诗》来讨论做学问做人的道理。“如切如磋，如琢如磨”，本来说的是治玉；他却将玉比人，用来教训学生做学问的功夫。“巧笑倩兮，美目盼兮，素以为绚兮”，本来说的是美人，所谓天生丽质。他却拉出末句来比方作画，说先有白底子，才会有画，是一步步进展的；作画还是比方，他说的是文化，人先是朴野的，后来才进展了文化——文化必须修养而得，并不是与生俱来的。他如此解诗，所以说“思无邪”一句话可以包括“《诗》三百”的道理；又说诗可以鼓舞人，联合人，增加阅历，发泄牢骚，事父事君的道理都在里面。孔子以后，“《诗》三百”成为儒家的“六经”之一，《庄子》和《荀子》里都说到“诗言志”，那个“志”便指教化而言。

但春秋时列国的赋诗只是用诗，并非解诗；那时诗的主要作用还在乐歌，因乐歌而加以借用，不过是一种方便罢了。至于诗篇本来的意义，那时原很明白，用不着讨论。到了孔子时代，诗已经不常歌唱了，诗篇本来的意义，经过了多年的借用，也渐渐含糊了。他就按着借用的办法，根据他教授学生的需要，断章取义地来解释那些诗篇。后来解释《诗经》的儒生都跟着他的脚步走。最有权威的毛氏《诗传》和郑玄《诗笺》，差不多全是断章取义，甚至断句取义——断句取义是在一句两句里拉出一个两个字来发挥，比起断章取义，真是变本加厉了。

毛氏有两个人：一个毛亨，汉时鲁国人，人称为大毛公；一个毛苌，赵国人，人称为小毛公。是大毛公创始《诗经》的注解，传给小毛公，在小毛公手里完成的。郑玄是东汉人，他是专给《毛传》作《笺》的，有时也采取别家的解说；不过别家的解说在原则上也还和毛氏一个鼻孔出气，他们都是以史证诗。他们接受了孔子"无邪"的见解，又摘取了孟子的"知人论世"的见解，以为用孔子的诗的哲学，别裁古代的史说，拿来证明那些诗篇是什么时代作的，为什么事作的，便是孟子所谓"以意逆志"。其实孟子所谓"以意逆志"倒是说要看全篇大意，不可拘泥在字句上，与他们不同。他们这样猜出来的作诗人的志，自然不会与作诗人相合；但那种志倒是关联着政治教化而与"诗言志"一语相合的。这样的以史证诗的思想，最先具体的表现在《诗序》里。

《诗序》有《大序》《小序》。《大序》好像总论，托名子夏，说不定是谁作的。《小序》每篇一条，大约是大小毛公作的。以史证诗，似乎是《小序》的专门任务；传里虽也偶然提及，却总以训诂为主，不过所选取的字义，意在助成序说，无形中有个一定方向罢了。可是《小序》也还是泛说的多，确指的少。到了郑玄，才更详密地发展了这个条理。他按着《诗经》中的国别和篇次，系统地附合史料，编成了《诗谱》，差不多给每篇诗确定了时代；《笺》中也更多地发挥了作为各篇诗的背景的历史。以史证诗，在他手里算是集大成了。

《大序》说明诗的教化作用；这种作用似乎建立在风、雅、颂、赋、比、兴，所谓“六义”上。《大序》只解释了风、雅、颂。说风是风化（感化）、风刺的意思，雅是正的意思，颂是形容盛德的意思。这都是按着教化作用解释的。照近人的研究，这三个字大概都从音乐得名。风是各地方的乐调，《国风》便是各国土乐的意思。雅就是“乌”字，似乎描写这种乐的呜呜之音。雅也就是“夏”字，古代乐章叫作“夏”的很多，也许原是地名或族名。雅又分《大雅》《小雅》，大约也是乐调不同的缘故。颂就是“容”字，容就是“样子”；这种乐连歌带舞，舞就有种种样子了。风、雅、颂之外，其实还该有个“南”。南是南音或南调，《诗经》中《周南》《召南》的诗，原是相当于现在河南、湖北一带地方的歌谣。《国风》旧有十五，分出二南，还剩十三；而其中邶、鄘两国的诗，现经考定，都是卫诗，那么只有十一《国风》了。颂有《周颂》《鲁颂》《商颂》，《商颂》经考定实是《宋颂》。至于搜集的歌谣，大概是在“二南”、《国风》和《小雅》里。

赋、比、兴的意义，说法最多。大约这三个名字原都含有政治和教化的意味。赋本是唱诗给人听，但在《大序》里，也许是“直铺陈今之政教善恶”的意思。比、兴都是《大序》所谓

“主文而谲谏”；不直陈而用譬喻叫“主文”，委婉讽刺叫“谲谏”。说的人无罪，听的人却可警诫自己。《诗经》里许多譬喻就在比、兴的看法下，断章断句地硬派作政教的意义了。比、兴都是政教的譬喻，但在诗篇发端的叫作兴。《毛传》只在有兴的地方标出，不标赋、比；想来赋义是易见的，比、兴虽都是曲折成义，但兴在发端，往往关系全诗，比较更重要些，所以便特别标出了。《毛传》标出的兴诗，共一百十六篇，《国风》中最多，《小雅》第二；按现在说，这两部分搜集的歌谣多，所以譬喻的句子也便多了。

《春秋》三传别论

尊王攘夷是大义，徵实劝惩是目的。

——编者注

“春秋”是古代记事史书的通称。古代朝廷大事，多在春、秋二季举行，所以记事的书用这个名字。各国有各国的《春秋》，但是后世都不传了。传下的只有一部《鲁春秋》，《春秋》成了它的专名，便是《春秋经》了。传说这部《春秋》是孔子作的，至少是他编的。鲁哀公十四年，鲁西有猎户打着一只从没有见过的独角怪兽，想着定是个不祥的东西，将它扔了。这个新闻传到了孔子那里，他便去看。他一看，就说：“这是麟啊。为谁来的呢！干什么来的呢！唉唉！我的道不行了！”说着流下泪来，赶忙将袖子去擦，泪点儿却已滴到衣襟上。原来麟是个仁兽，是个祥瑞的东西；圣帝明王在位，天下太平，它才会来，不然是不会来的。可是那时代哪有圣帝明王？天下正乱纷纷的，麟来的真不是时候，所以让猎户打死；它算是倒了运了。

孔子这时已经年老，也常常觉着生的不是时候，不能行道；他为周朝伤心，也为自己伤心。看了这只死麟，一面同情它，一面也引起自己的无限感慨。他觉着生平说了许多教；当世的人君总不信他，可见空话不能打动人。他发愿修一部《春秋》，要让人从具体的事例里，得到善恶的教训；他相信这样得来的教训，比抽象的议论深切著明得多。他觉得修成了这部《春秋》，虽然不能行道，也算不白活一辈子。这便动起手来，九个月书就成功了。书起于鲁隐公，终于获麟；因获麟有感而作，所以叙到获麟绝笔，是纪念的意思。但是《左传》里所载的《春秋经》，获麟后还有，而且在记了“孔子卒”的哀公十六年后还有：据说那却是他的弟子们续修的了。

这个故事虽然够感伤的，但我们从种种方面知道，它却不是真的。《春秋》只是鲁国史官的旧文，孔子不曾掺进手去。《春秋》可是一部信史，里面所记的鲁国日食，有三十次和西方科学家所推算的相合，这绝不是偶然的。不过书中残缺、零乱和后人增改的地方，都很不少。书起于隐公元年，到哀公十四年止，共二百四十二年（公元前七二二——公元前四八一）；后世称这二百四十二年为春秋时代。书中纪事按年月日，这叫作编年。编年在史学上是个大发明；这叫历史系统化，并增加了它的确实性。《春秋》是我国现存的第一部编年史。书中虽用鲁国纪元，所记的却是各国的事，所以也是我们第一部通史。所记的齐桓公、晋文公的霸迹最多；后来说“尊王攘夷”是《春秋》大义，便是从这里着眼。

古代史官记事，有两种目的：一是征实，二是劝惩。像晋国董狐不怕权势，记“赵盾弑其君”，齐国太史记“崔杼弑其君”，虽杀身不悔，都为的是徵实和惩恶，作后世的鉴戒。但是史文简略，劝惩的意思有时不容易看出来，因此便需要解说的人。《国语》记楚国申叔时论教太子的科目，有“春秋”一项，说“春秋”有奖善惩恶的作用，可以戒劝太子的心。孔子是第一个开门授徒，拿经典教给平民的人，《鲁春秋》也该是他的一种科目。关于劝惩的所在，他大约有许多口义传给弟子们。他死后，弟子们散在四方，就所能记忆的又教授开去。《左传》《公羊传》《穀梁传》，所谓《春秋》三传里，所引孔子解释和评论的话，大概就是拣的这一些。

三传特别注重《春秋》的劝惩作用；征实与否，倒在其次。按三传的看法，《春秋》大义可以从两方面说：明辨是非，分别善恶，提倡德义，从成败里见教训，这是一；夸扬霸业，推尊周室，亲爱中国，排斥夷狄，实现民族大一统的理想，这是二。前者是人君的明鉴，后者是拨乱反正的程序。这都是王道。而敬天事鬼，也包括在王道里。《春秋》里记灾，表示天罚；记鬼，表示恩仇，也还是劝惩的意思。古代记事的书常夹杂着好多的迷信和理想，《春秋》也不免如此；三传的看法，大体上是对的。但在解释经文的时候，却往往一个字一个字地咬嚼；这一咬嚼，便不顾上下文穿凿附会起来了。《公羊传》《穀梁传》，尤其如此。

这样咬嚼出来的意义就是所谓“书法”，所谓“褒贬”，也就是所谓“微言”。后世最看重这个。他们说孔子修《春秋》，“笔则笔，削则削”，“笔”是书，“削”是不书，都有大道理在内。又说一字之褒，比叫你做王公还荣耀；一字之贬，比将你做罪人杀了还耻辱。本来孟子说过，“孔子成《春秋》而乱臣贼子惧”，那似乎只指概括的劝惩作用而言。等到褒贬说发展，孟子这句话倒像更坐实了。而孔子和《春秋》的权威也就更大了。后世史家推尊孔子，也推尊《春秋》，承认这种书法是天经地义；但实际上他们却并不照三传所咬嚼出来的那么穿凿附会地办。这正和后世诗人尽管推尊《毛诗》传、笺里比兴的解释，实际上却不那样穿凿附会的作诗一样。三传，特别是《公羊传》和《穀梁传》，和《毛诗》传、笺，在穿凿解经这件事上是一致的。

三传之中，公羊、穀梁两家全以解经为主，左氏却以叙事为主。公、穀以解经为主，所以咬嚼得更厉害些。战国末期，专门解释《春秋》的有许多家，公、穀较晚出而仅存。这两家固然有许多彼此相异之处，但渊源似乎是相同的；他们所引别家的解说也有些是一样的。这两种《春秋经传》经过秦火，多有残缺的地方；到汉景帝、武帝时候，才有经师重加整理，传授给人。公羊、穀梁只是家派的名称，仅存姓氏，名字已不可知。至于他们解经的宗旨，已见上文；《春秋》本是儒家传授的经典，解说的人，自然也离不了儒家，在这一点上，三传是大同小异的。

《左传》这部书，汉代传为鲁国左丘明所作。这个左丘明，有的说是“鲁君子”，有的说是孔子的朋友；后世又有说是鲁国的史官的。这部书历来讨论的最多。汉时有“五经”博士。凡解说“五经”自成一家之学的，都可立为博士。立了博士，便是官学；那派经师便可做官受禄。当时《春秋》立了公、穀二传的博士。《左传》流传得晚些，古文派经师也给它争立博士。今文派却说这部书不得孔子《春秋》的真传，不如公、穀两家。后来虽一度立了博士，可是不久还是废了。倒是民间传习的渐多，终于大行！原来公、穀不免空谈，《左传》却是一部仅存的古代编年通史（残缺又少），用处自然大得多。《左传》以外，还有一部分国记载的《国语》，汉代也认为左丘明所作，称为《春秋外传》。后世学者怀疑这一说的很多。据近人的研究，《国语》重在“语”，记事颇简略，大约出于另一著者的手，而为《左传》著者的重要史料之一。这书的说教，也不外尚德、尊天、敬神、爱民，和《左传》是很相近的。只不知著者是谁。其实《左传》著者我们也不知道。说是左丘明，但矛盾太多，不能教人相信。《左传》成书的时代大概在战国，比公、穀二传早些。

《左传》这部书大体依《春秋》而作；参考群籍，详述史事，征引孔子和别的“君子”解经评史的言论，吟味书法，自成一家言。但迷信卜筮，所记祸福的预言，几乎无不应验；这却大大违背了征实的精神，而和儒家的宗旨也不合了。晋范宁作《穀梁传序》说，“左氏艳而富，其失也巫”；“艳”是文章美，“富”是材料多；“巫”是多叙鬼神，预言祸福。这是句公平话。注《左传》的，汉代就不少，但那些许多已散失，现存的只有晋杜预注，算是最古了。

杜预作《春秋序》，论到《左传》，说“其文缓，其旨远”；“缓”是委婉，“远”是含蓄。这不但是好史笔，也是好文笔。所以《左传》不但是史学的权威，也是文学的权威。《左传》的文学本领，表现在记述辞令和描写战争上。春秋列国，盟会颇繁，使臣会说话不会说话，不但关系荣辱，并且关系利害，出入很大，所以极重辞令。《左传》所记当时君臣的话，从容委曲，意味深长。只是平心静气地说，紧要关头却不放松一步，真所谓恰到好处。这固然是当时风气如此，但不经《左传》著者的润饰功夫，也绝不会那样在纸上活跃的。战争是个复杂的程序，叙得头头是道，已经不易，叙得有声有色，更难；这差不多全靠忙中有闲，透着优游不迫神儿，才成。这却正是《左传》著者所擅长的。

四书别论

“四书”曾为科举用书，因为这些书本身重要，有人人必读的价值。

——编者注

“四书五经”到现在还是我们口头上一句熟语。“五经”是《易》《书》《诗》《礼》《春秋》；“四书”按照普通的顺序是《大学》《中庸》《论语》《孟子》，前二者又简称《学》《庸》，后二者又简称《论》《孟》；有了简称，可见这些书是用得很熟的。本来呢，从前私塾里，学生入学，是从“四书”读起的。这是那些时代的小学教科书，而且是统一的标准的小学教科书，因为没有不用的。那时先生不讲解，只让学生背诵，不但得背正文，而且得背朱熹的小注。只要囫囵吞枣地念，囫囵吞枣地背；不懂不要紧，将来用得着，自然会懂的。怎么说将来用得着？那些时候行科举制度。科举是一种竞争的考试制度，考试的主要科目是八股文，题目都出在“四书”里，而且是朱注的“四书”里。科举分几级，考中的得着种种出身或资格，凭着这种资格可以建功立业，也可以升官发财；作好作歹，都得先弄个资格到手。科举几乎是当时读书人唯一的出路。每个学生都先读“四书”，而且读的是朱注，便是这个缘故。

将朱注“四书”定为科举用书，是从元仁宗皇庆二年（公元一三一三）起的。规定这四种书，自然因为这些书本身重要。有人人必读的价值；规定朱注，也因为朱注发明书义比旧注好些，切用些。这四种书原来并不在一起，《学》《庸》都在《礼记》里，《论》《孟》是单行的。这些书原来只算是诸子书，朱子原来也只称为“四子”，但《礼记》《论》《孟》在汉代都立过博士，已经都升到经里去了。后来唐代的“九经”里虽然只有《礼记》，宋代的“十三经”却又将《论》《孟》收了进去。《中庸》很早就被人单独注意，汉代已有关于《中庸》的著作，六朝时也有，可惜都不传了。关于《大学》的著作，却直到司马光的《大学通义》才开始，这部书也不传了。这些著作并不曾教《学》《庸》普及，教《学》《庸》和《论》《孟》同样普及的是朱子的注，“四书”也是他编在一起的，“四书”的名字也因他而有。

但最初用力提倡这几种书的是程颢、程颐兄弟。他们说：“《大学》是孔门的遗书，是初学者入德的门径。只有从这部书里，才可以知道古人做学问的程序。从《论》《孟》里虽也可看出一些，但不如这部书的分明易晓。学者必须从这部书入手，才不会走错了路。”这里没提到《中庸》。可是他们是很推尊《中庸》的。他们在另一处说：“‘不偏’叫作‘中’，‘不易’叫作‘庸’；‘中’是天下的正道，‘庸’是天下的定理。《中庸》是孔门传授心法的书，是子思记下来传给孟子的。书中所述的人生哲理，意味深长；会读书的细加玩赏，自然能心领神悟终身受用不尽。”这四种书到了朱子手里才打成一片。他接受二程的见解，加以系统的说明，四种书便贯串起来了。

他说，古来有小学大学。小学里教洒扫进退的规矩，和礼、乐、射、御、书、数，所谓“六艺”的。大学里教穷理、正心、修己、治人的道理。所教的都切于民生日用，都是实学。《大学》这部书便是古来大学里教学生的方法，规模大，节目详；而所谓“格物、致知、诚意、正心、修身、齐家、治国、平天下”，是循序渐进的。程子说是“初学者入德的门径”，就是为此。这部书里的道理，并不是为一时一事说的，是为天下后世说的。这是“垂世立教的大典”，所以程子举为初学者的第一部书。《论》《孟》虽然也切实，却是“应机接物的微言”，问的不是一个人，记的也不是一个人。浅深先后，次序既不分明，抑扬可否，用意也不一样，初学者领会较难。所以程子放在第二步。至于《中庸》，是孔门的心法，初学者领会更难，程子所以另论。

但朱子的意思，有了《大学》的提纲挈领，便能领会《论》《孟》里精微的分别去处；融贯了《论》《孟》的旨趣，也便能领会《中庸》里的心法。人有人心和道心；人心是私欲，道心是天理。人该修养道心，克制人心，这是心法。朱子的意思，不领会《中庸》里的心法，是不能从大处着眼，读天下的书，论天下的事的。他所以将《中庸》放在第三步，和《大学》《论》《孟》合为“四书”，作为初学者的基础教本。后来规定“四书”为科举用书，原也根据这番意思。不过朱子教人读“四书”，为的成人，后来人读“四书”，却重在猎取功名；这是不合于他提倡的本心的。至于顺序变为《学》《庸》《论》《孟》，那是书贾因为《学》《庸》篇页不多，合为一本的缘故；通行既久，居然约定俗成了。

《礼记》里的《大学》，本是一篇东西，朱子给分成经一章，传十章；传是解释经的。因为要使传合经，他又颠倒了原文的次序，并补上一段儿。他注《中庸》时，虽没有这样大的改变，可是所分的章节，也与郑玄注的不同。所以这两部书的注，称为《大学章句》《中庸章句》。《论》《孟》的注，却是融合各家而成，所以称为《论语集注》《孟子集注》。《大学》的经一章，朱子想着是曾子追述孔子的话；传十章，他相信是曾子的意思，由弟子们记下的。《中庸》的著者，朱子和程子一样，都接受《史记》的记载，认为是子思。但关于书名的解释，他修正了一些。他说，“中”除“不偏”外，还有“无过无不及”的意思；“庸”解作“不易”，不如解作“平常”的好。照近人的研究，《大学》的思想和文字，很有和荀子相同的地方，大概是荀子学派的著作。《中庸》，首尾和中段思想不一贯，从前就有人疑心。照近来的看法，这部书的中段也许是子思原著的一部分，发扬孔子的学说，如“时中”“忠恕”“知仁勇”“五伦”等。首尾呢，怕是另一关于《中庸》的著作，经后人混合起来的；这里发扬的是孟子的天人相通的哲理，所谓“至诚”“尽性”，都是的。著者大约是一个孟子学派。

《论语》是孔子弟子们记的。这部书不但显示一个伟大的人格——孔子，并且让读者学习许多做学问做人的节目：如“君子”“仁”“忠恕”，如“时习”“阙疑”“好古”“隅反”“择善”“困学”等，都是可以终身应用的。《孟子》据说是孟子本人和弟子公孙丑、万章等共同编定的。书中说“仁”兼说“义”，分辨“义”“利”甚严；而辩“性善”，教人求“放心”，影响更大。又说到“养浩然之气”，那“至大至刚”“配义与道”的“浩然之气”，这是修养的最高境界，所谓天人相通的哲理。书中攻击杨朱、墨翟两派，词锋咄咄逼人。这在儒家叫作攻异端，功劳是很大的。孟子生在战国时代，他不免“好辩”，他自己也觉得的；他的话流露着“英气”，“有圭角”，和孔子的温润是不同的。所以儒家只称为“亚圣”，次于孔子一等。《孟子》有东汉的赵岐注。《论语》有孔安国、马融、郑玄诸家注，却都已残佚，只零星地见于魏何晏的《集解》里。汉儒注经，多以训诂名物为重，但《论》《孟》词意显明，所以只解释文句，推阐义理而止。魏晋以来，玄谈大盛，孔子已经道家化；解《论语》的也多参入玄谈，参入当时的道家哲学。这些后来却都不流行了。到了朱子，给《论》《孟》作注，虽说融会各家，其实也用他自己的哲学做架子。他注《学》《庸》，更显然如此。他的哲学切于世用，所以一般人接受了，将他解释的孔子当作真的孔子。

他那一套“四书”注实在用尽了平生的力量，改定至再至三；直到临死的时候，他还在改定《大学·诚意章》的注。注以外又作了《四书或问》，发扬注义，并论述对于旧说的或取或舍的理由。他在“四书”上这样下功夫，一面固然为了诱导初学者，一面还有一个用意，便是排斥老、佛，建立道统。他在《中庸章句序》里论到诸圣道统的传承，末尾自谦说：“于道统之传，不敢妄议”；其实他是隐隐在以传道统自期呢。《中庸》传授心法，正是道统的根本。将它加在《大学》《论》《孟》之后而成“四书”，朱子自己虽然说是给初学者打基础，但一大半恐怕还是为了建立道统，不过他自己不好说出罢了。他注“四书”在宋孝宗淳熙年间。他死后朝廷将他的“四书”注审定为官书，从此盛行起来。他果然成了传儒家道统的大师了。

《战国策》别论

战国社会的重要史料，
游说之士的实战演习手册。
——编者注

春秋末年，列国大臣的势力渐渐膨胀起来。这些大臣都是世袭的，他们一代一代聚财养众，明争暗夺君主的权力，建立起自己的特殊地位。等到机会成熟，便跳起来打倒君主自己干。那时候各国差不多都起了内乱。晋国让韩、魏、赵三家分了，姓姜的齐国也让姓田的大夫占了。这些，周天子只得承认了。这是封建制度崩坏的开始。那时候周室也经过了内乱，土地大半让邻国抢去，剩下的又分为东、西周；东、西周各有君王，彼此还争争吵吵的。这两位君王早已失去春秋时代"共主"的地位，而和列国诸侯相等了。后来列国纷纷称王，周室更不算回事；他们至多能和宋、鲁等小国君主等量齐观罢了。

秦、楚两国也经过内乱，可是站住了。它们本是边远的国家，却渐渐伸张势力到中原来。内乱平后，大加整顿，努力图强，声威便更广了。还有极北的燕国，向来和中原国家少来往；这时候也有力量向南参加国际政治了。秦、楚、燕和新兴的韩、魏、赵、齐，是那时代的大国，称为“七雄”。那些小国呢，从前可以仰仗霸主的保护，做大国的附庸；现在可不成了，只好让人家吞的吞，并的并。算只留下宋、鲁等两三国，给七雄当缓冲地带。封建制度既然在崩坏中，七雄便各成一单位，各自争存，各自争强；国际政局比春秋时代紧张多了。战争也比从前严重多了。列国都在自己边界上修起长城来。这时候军器进步了，从前的兵器都用铜打成，现在有用铁打成的了。战术也进步了。攻守的方法都比从前精明，从前只有兵车和步卒，现在却发展了骑兵了。这时候还有以帮人家作战为职业的人。这时候的战争，杀伤是很多的。孟子说：“争地以战，杀人盈野；争城以战，杀人盈城。”可见那凶惨的情形。后人因此称这时代为战国时代。

在长期混乱之后，贵族有的做了国君，有的渐渐衰灭。这个阶级算是随着封建制度崩坏了。那时候的国君，没有了世袭的大臣，便集权专制起来。辅助他们的是一些出身贵贱不同的士人。那时候君主和大臣都竭力招揽有技能的人，甚至学鸡鸣、学狗盗的也都收留着。这是所谓“好客”“好士”的风气。其中最高的是说客，是游说之士。当时国际关系紧张，战争随时可起。

战争到底是劳民伤财的，况且很难有把握；重要的还是作外交的功夫。外交办得好，只凭口舌排难解纷，可以免去战祸；就是不得不战，也可以多找一些参与国，一些帮手。担负这种外交的人，便是那些策士，那些游说之士。游说之士既然这般重要，所以立谈可取卿相；只要有计谋，会辩说就成，出身的贵贱倒是不在乎的。

七雄中的秦，从孝公用商鞅变法以后，日渐强盛。到后来成了与六国对峙的局势。这时候的游说之士，有的劝六国联合起来抗秦，有的劝六国联合起来亲秦。前一派叫“合纵”，是联合南北各国的意思，后一派叫“连横”，是联合东西各国的意思——只有秦是西方的国家。合纵派的代表是苏秦，连横派的是张仪，他们可以代表所有的战国游说之士。后世提到游说的策士，总想到这两个人，提到纵横家，也总是想到这两个人。他们都是鬼谷先生的弟子。苏秦起初也是连横派。他游说秦惠王，秦惠王老不理他；穷得要死，只好回家。妻子、嫂嫂、父母，都瞧不起他。他恨极了，用心读书，用心揣摩；夜里倦了要睡，用锥子扎大腿，血流到脚上。这样整一年，他想着成了，便出来游说六国合纵。这回他果然成功了，佩了六国相印，又有势又有钱。打家里过的时候，父母郊迎三十里，妻子低头，嫂嫂爬在地上谢罪。他叹道：“人生世上，势位富贵，真是少不得的！”张仪和楚相喝酒，楚相丢了一块璧。手下人说张仪穷而无行，一定他偷的，绑起来打了几百下。张仪始终不认，只好放了他。回家，他妻子说："唉，要不是读书游说，哪会受这场气！"他不理，只说："看我舌头还在吧？"妻子笑道："舌头是在的。"他说："那就成！"后来果然做了秦国的相；苏秦死后，他也大大得意了一番。

苏秦使锥子扎腿的时候，自己发狠道："哪有游说人主不能得金玉锦绣，不能取卿相之尊的道理！"这正是战国策士的心思。他们凭他们的智谋和辩才，给人家划策，办外交；谁用他们就帮谁。他们是职业的，所图的是自己的功名富贵；帮你的时候帮你，不帮你的时候也许害你。翻覆，在他们看来是没有什么的。本来呢，当时七雄分立，没有共主，没有盟主，各干各的，谁胜谁得势，国际间没有是非，爱帮谁就帮谁，反正都一样。苏秦说连横不成，就改说合纵，在策士看来，这正是当然。张仪说舌头在就行，说是说非，只要会说，这也正是职业的态度。他们自己没有理想，没有主张，只求揣摩主上的心理，拐弯儿抹角投其所好。这需要技巧，《韩非子·说难篇》专论这个。说得好固然可以取"金玉锦绣"和"卿相之尊"，说得不好也会招杀身之祸，利害所关如此之大，苏秦费一整年研究揣摩不算多。当时各国所重的是威势，策士所说原不外战争和诈谋；但要因人因地进言，广博的知识和微妙的机智都是不可少的。

记载那些说辞的书叫《战国策》，是汉代刘向编定的，书名也是他提议的，但在他以前，汉初著名的说客蒯通，大约已经加以整理和润饰，所以各篇如出一手。《汉书》本传里记着他"论战国时说士权变，亦自序其说，凡八十一篇，号曰《隽永》”，大约就是刘向所根据的底本了。蒯通那支笔是很有力量的。铺陈的伟丽，叱咤的雄豪，固然传达出来了；而那些曲折微妙的声口，也丝丝入扣，千载如生。读这部书，真是如闻其语，如见其人。汉以来批评这部书的都用儒家的眼光。刘向的序里说战国时代“捐礼让而贵战争，弃仁义而用诈谲，苟以取强而已矣”，可以代表。但他又说这些是“高才秀士”的“奇策异智”，“亦可喜，皆可观”。这便是文辞的作用了。宋代有个李文叔，也说这部书所记载的事“浅陋不足道”，但“人读之，则必乡其说之工，而忘其事之陋者，文辞之胜移之而已”。又道，说的还不算难，记的才真难得呢。这部书除文辞之胜外，所记的事，上接春秋时代，下至楚汉兴起为止，共二百零二年（公元前四〇三—公元前二〇二），也是一部重要的古史。所谓战国时代，便指这里的二百零二年；而战国的名称也是刘向在这部书的序里定出的。

《史记》《汉书》别论

《史记》成于一人之手，
《汉书》成于四人之手。
——编者注

说起中国的史书，《史记》《汉书》，真是无人不知，无人不晓。这有两个原因。一则这两部书是最早的有系统的历史，再早虽然还有《尚书》《鲁春秋》《国语》《春秋左氏传》《战国策》等，但《尚书》《国语》《战国策》，都是记言的史，不是记事的史。《春秋》和《左传》是记事的史了，可是《春秋》太简短，《左氏传》虽够铺排的，而跟着《春秋》编年的系统，所记的事还不免散碎。《史记》创了“纪传体”，叙事自黄帝以来到著者当世，就是汉武帝的时候，首尾三千多年。《汉书》采用了《史记》的体制，却以汉事为断，从高祖到王莽，只二百三十年。后来的史书全用《汉书》的体制，断代成书；二十四史里，《史记》《汉书》以外的二十二史都如此。这称为“正史”。《史记》《汉书》，可以说都是“正史”的源头。二则，这两部书都成了文学的古典；两书有许多相同处，虽然也有许多相异处。大概东汉、魏、晋到唐，喜欢《汉书》的多，唐以后喜欢《史记》的多，而明、清两代尤然。这是两书文体各有所胜的缘故。但历来班、马并称，《史》《汉》连举，它们叙事写人的技术，毕竟是大同的。

《史记》，汉司马迁著。司马迁字子长，左冯翊夏阳（今陕西韩城）人。景帝中元五年（公元前一四五）生，卒年不详。他是太史令司马谈的儿子。小时候在本乡只帮人家耕耕田、放放牛玩儿。司马谈做了太史令，才将他带到京师（今西安）读书。他十岁的时候，便认识“古文”的书了。二十岁以后，到处游历，真是足迹遍天下。他东边到过现在的河北、山东及江、浙沿海，南边到过湖南、江西、云南、贵州，西边到过陕、甘、西康等处，北边到过长城等处；当时的“大汉帝国”，除了朝鲜、河西（今宁夏一带）、岭南几个新开郡外，他都走到了。他的出游，相传是父亲命他搜求史料去的；但也有些处是因公去的。他搜得了多少写的史料，没有明文，不能知道。可是他却看到了好些古代的遗迹，听到了好些古代的逸闻；这些都是活史料，他用来印证并补充他所读的书。他作《史记》，叙述和描写往往特别亲切有味，便是为此。他的游历不但增扩了他的见闻，也增扩了他的胸襟；他能够综括三千多年的事，写成一部大书，而行文又极其抑扬变化之致，可见出他的胸襟是如何的阔大。

他二十几岁的时候，应试得高第，做了郎中。武帝元封元年（公元前一一〇），大行封禅典礼，步骑十八万，旌旗千余里。司马谈是史官，本该从行；但是病得很重，留在洛阳不能去。司马迁却跟去了。回来见父亲，父亲已经快死了，拉着他的手呜咽道："我们先人从虞夏以来，世代做史官；周末弃职他去，从此我家便衰微了。虽然我恢复了世传的职务，可是不成；你看这回封禅大典，我竟不能从行，真是命该如此！再说孔子因为眼见王道缺、礼乐衰，才整理文献，论《诗》《书》，作《春秋》，他的功绩是不朽的。孔子到现在又四百多年了，各国只管争战，史籍都散失了，这得搜求整理；汉朝一统天下，明主、贤君、忠臣、死义之士，也得记载表彰。我做了太史令，却没能尽职，无所论著，真是惶恐万分。你若能继承先业，再做太史令，成就我的未竟之志，扬名于后世，那就是大孝了。你想着我的话吧。"司马迁听了父亲这番遗命，低头流泪答道："儿子虽然不肖，定当将你老人家所搜集的材料，小心整理起来，不敢有所遗失。"司马谈便在这年死了；司马迁这年三十六岁，父亲的遗命指示了他一条伟大的路。

父亲死的第三年，司马迁果然做了太史令。他有机会看到许多史籍和别的藏书，便开始做整理的功夫。那时史料都集中在太史令手里，特别是汉代各地方行政报告，他那里都有。他一面整理史料，一面却忙着改历的工作；直到太初元年（公元前一〇四），太初历完成，才动手著他的书。天汉二年（公元前九九），李陵奉了贰师将军李广利的命，领了五千兵，出塞打匈奴。匈奴八万人围着他们；他们杀伤了匈奴一万多，可是自己的人也死了一大半。箭完了，又没有吃的，耗了八天，等贰师将军派救兵。救兵竟没有影子。匈奴却派人来招降。李陵想着回去也没有脸，就降了。武帝听了这个消息，又急又气。朝廷里纷纷说李陵的坏话。武帝问司马迁，李陵到底是个怎样的人。李陵也做过郎中，和司马迁同过事，司马迁是知道他的。

他说李陵这个人秉性忠义，常想牺牲自己，报效国家。这回以少敌众，兵尽路穷，但还杀伤那么些人，功劳其实也不算小。他绝不是怕死的，他的降大概是假意的，也许在等机会给汉朝出力呢。武帝听了他的话，想着贰师将军是自己派的元帅，司马迁却将功劳归在投降的李陵身上，真是大不敬；便叫将他抓起来，下在狱里。第二年，武帝杀了李陵全家，处司马迁宫刑，宫刑是个大辱，污及先人，见笑亲友，他灰心失望已极，只能发愤努力，在狱中专心致志写他的书，希图留个后世名。过了两年，武帝改元太始，大赦天下。他出了狱，不久却又做了宦者做的官，中令书，重被宠信。但他还继续写他的书。直到征和二年（公元前九一），全书才得完成，共一百三十篇，五十二万六千五百字。他死后，这部书部分地流传；到宣帝时，他的外孙杨恽才将全书献上朝廷去，并传写公行于世。汉人称为《太史公书》《太史公》《太史公记》《太史记》。魏晋间才简称为《史记》，《史记》便成了定名。这部书流传时颇有缺佚，经后人补续改窜了不少；只有元帝、成帝间褚少孙补的有主名，其余都不容易考了。

司马迁是窃比孔子的。孔子是在周末官守散失时代第一个保存文献的人；司马迁是秦灭以后第一个保存文献的人。他们保存的方法不同，但是用心是一样。《史记·自序》里记着司马迁和上大夫壶遂讨论作史的一番话，司马迁引述他的父亲称扬孔子整理“六经”的丰功伟业，而特别着重《春秋》的著作。他们父子都是相信孔子作《春秋》的。他又引董仲舒所述孔子的话：“我有种种觉民救世的理想，凭空发议论，恐怕人不理会；不如借历史上现成的事实来表现，可以深切著明些。”这便是孔子作《春秋》的趣旨；他是要明王道、辨人事，分明是非、善恶、贤不肖，存亡继绝，补敝起废，作后世君臣龟鉴。《春秋》实在是礼义的大宗，司马迁相信礼治是胜于法治的。他相信《春秋》包罗万象，采善贬恶，并非以刺讥为主。像他父亲遗命所说的，汉兴以来，人主明圣盛德，和功臣、世家、贤大夫之业，是他父子职守所在，正该记载表彰。他的书记汉事较详，固然是史料多，也是他意主尊汉的缘故。他排斥暴秦，要将汉远承三代。这正和今文家说的《春秋》尊鲁一样，他的书实在是窃比《春秋》的。他虽自称只是“厥协‘六经’异传，整齐百家杂语”，述而不作，不敢与《春秋》比，那不过是谦辞罢了。

他在《报任安书》里说他的书“欲以究天人之际，通古今之变，成一家之言”。《史记·自序》里说：“罔（网）罗天下放佚旧闻，王迹所兴，原始察终，见盛观衰，论考之行事。”“王迹所兴”，始终盛衰，便是“古今之变”，也便是“天人之际”。“天人之际”只是天道对于人事的影响；这和所谓“始终盛衰”都是阴阳家言。阴阳家倡“五德终始说”，以为金木水火土五行之德，互相克胜，终始运行，循环不息。当运者盛，王迹所兴；运去则衰。西汉此说大行，与“今文经学”合而为一。司马迁是请教过董仲舒的，董就是今文派的大师；他也许受了董的影响。“五德终始说”原是一种历史哲学；实际的教训只是让人君顺时修德。

《史记》虽然窃比《春秋》，却并不用那咬文嚼字的书法，只据事实录，使善恶自见。书里也有议论，那不过是著者牢骚之辞，与大体是无关的。原来司马迁自遭李陵之祸，更加努力著书。他觉得自己已经身废名裂，要发抒意中的郁结，只有这一条通路。他在《报任安书》和《史记·自序》里引了文王以下到韩非诸贤圣，都是发愤才著书的。他自己也是个发愤著书的人。天道的无常，世变的无常，引起了他的感叹；他悲天悯人，发为牢骚抑扬之辞。这增加了他的书的情韵。后世论文的人推尊《史记》，一个原因便在这里。

班彪论前史得失，却说他：“论议浅而不笃。其论术学，则崇黄老而薄‘五经’，序货殖，则轻仁义而羞贫穷；道游侠，则贱守节而贵俗功。”以为“大敝伤道”；班固也说他“是非颇谬于圣人”。其实推崇道家的是司马谈；司马迁时，儒学已成独尊之势，他也成了一个推崇的人了。至于《游侠》《货殖》两传，确有他的身世之感。那时候有钱可以赎罪，他遭了李陵之祸，刑重家贫，不能自赎，所以才有“羞贫穷”的话；他在穷窘之中，交游竟没有一个抱不平的来救他的。所以才有称扬游侠的话。这和《伯夷传》里天道无常的疑问，都只是偶一借题发挥，无关全书大旨。东汉王允死看“发愤”著书一语，加上咬文嚼字的成见，便说《史记》是“佞臣”的“谤书”，那不但误解了《史记》，也太小看了司马迁了。

《史记》体例有五：十二本纪，记帝王政迹，是编年的。十表，以分年略记世代为主；八书，记典章制度的沿革。三十世家，记侯国世代存亡。七十列传，类记各方面人物。史家称为“纪传体”，因为“纪传”是最重要的部分。古史不是断片的杂记，便是顺案年月的纂录；自出机杼，创立规模，以驾驭去取各种史料的，从《史记》起始。司马迁的确能够贯穿经传，整齐百家杂语，成一家言。他明白“整齐”的必要，并知道怎样去“整齐”，这实在是创作，是以述为作。他这样将自有文化以来三千年间君臣士庶的行事，“合一炉而冶之”，却反映着秦汉大一统的局势。《春秋左氏传》虽也可算通史，但是规模完具的通史，还得推《史记》为第一部书。班固根据他父亲班彪的意见，说司马迁“善叙事理，辩而不华，质而不俚；其文直，其事核，不虚美，不隐恶，故谓之实录”。“直”是“简省”的意思；简省而能明确，便见本领。《史记》共一百三十篇，列传占了全书的过半数；司马迁的史观是以人物为中心的。他最长于描写；靠了他的笔，古代许多重要人物的面形，至今还活现在纸上。

《汉书》，汉班固著。班固，字孟坚，扶风安陵（今陕西咸阳）人，光武帝建武八年（公元三二）生，和帝永元四年（公元九二）卒。他家和司马氏一样，也是个世家；《汉书》是子继父业，也和司马迁差不多。但班固的凭借，比司马迁好多了。他曾祖班斿，博学有才气，成帝时，和刘向同校皇家藏书。成帝赐了全套藏书的副本，《史记》也在其中。当时书籍流传很少，得来不易；班家得了这批赐书，真像大图书馆似的。他家又有钱，能够招待客人。后来有好些学者，老远地跑到他家来看书；扬雄便是一个。班斿的次孙班彪，既有书看，又得接触许多学者；于是尽心儒术，成了一个史学家。《史记》以后，续作很多，但不是偏私，就是鄙俗；班彪加以整理补充，著了六十五篇《后传》。他详论《史记》的得失，大体确当不移。他的书似乎只有本纪和列传；世家是并在列传里。这部书没有流传下来，但他的儿子班固的《汉书》是用它做底本的。

班固生在河西，那时班彪避乱在那里。班固有弟班超，妹班昭，后来都有功于《汉书》。他五岁时随父亲到那时的京师洛阳。九岁时能作文章，读诗赋。大概是十六岁吧，他入了洛阳的大学，博览群书。他治学不专守一家；只重大义，不沾沾在章句上；又善作辞赋。为人宽和容众，不以才能骄人。在大学里读了七年书，二十三岁上，父亲死了，他回到安陵去。明帝永平元年（公元五八），他二十八岁，开始改撰父亲的书。他觉得《后传》不够详的，自己专心精究，想完成一部大书。过了三年，有人上书给明帝，告他私自改作旧史。当时天下新定，常有人假造预言，摇惑民心；私改旧史，更有机会造谣，罪名可以很大。

明帝当即诏令扶风郡逮捕班固，解到洛阳狱中，并调看他的稿子。他兄弟班超怕闹出大乱子，永平五年（公元六二），带了全家赶到洛阳；他上书给明帝，陈明原委，请求召见。明帝果然召见。他陈明班固不敢私改旧史，只是续父所作。那时扶风郡也已将班固稿子送呈。明帝却很赏识那稿子，便命班固做校书郎，兰台令史，跟别的几个人同修世祖（光武帝）本纪。班家这时候很穷。班超也做了一名书记，帮助哥哥养家。后来班固等又述诸功臣的事迹，作列传载记二十八篇奏上。这些后来都成了刘珍等所撰的《东观汉记》的一部分，与《汉书》是无关的。

明帝这时候才命班固续完前稿。永平七年（公元六四），班固三十三岁，在兰台重行写他的大著。兰台是皇家藏书之处，他取精用宏，比家中自然更好。次年，班超也做了兰台令史。虽然在官不久，就从军去了，但一定给班固帮助很多。章帝即位，好辞赋，更赏识班固了。他因此得常到宫中读书，往往连日带夜地读下去。大概在建初七年（公元八二），他的书才大致完成。那年他是五十一岁了。和帝永元元年（公元八九），车骑将军窦宪出征匈奴，用他做中护军，参议军机大事。这一回匈奴大败，逃得不知去向。窦宪在出塞三千多里外的燕然山上刻石纪功，叫班固作铭。这是著名的大手笔。

次年他回到京师，就做窦宪的秘书。当时窦宪威势极盛；班固倒没有仗窦家的势欺压人，但他的儿子和奴仆却都无法无天的。这就得罪了许多地面上的官儿；他们都敢怒而不敢言。有一回他的奴子喝醉了，在街上骂了洛阳令种兢；种兢气恨极了，但也只能记在心里。永元四年（公元九二），窦宪阴谋弑和帝；事败，自杀。他的党羽，或诛死，或免官。班固先只免了官，种兢却饶不过他，逮捕了他，下在狱里。他已经六十一岁了，受不得那种苦，便在狱里死了。和帝得知，很觉可惜，特地下诏申斥种兢，命他将主办的官员抵罪。班固死后，《汉书》的稿子很散乱。他的妹子班昭也是高才博学，高才博学，嫁给曹世叔，世叔早死，她的节行并为人所重，当时称为曹大家。这时候她奉诏整理哥哥的书；并有高才郎官十人，从她研究这部书——经学大师扶风马融，就在这十人里。书中的八表和天文志那时还未完成，她和马融的哥哥马续参考皇家藏书，将这些篇写定，这也是奉诏办的。

《汉书》的名称从《尚书》来，是班固定的。他说唐虞三代当时都有记载，颂述功德；汉朝却到了第六代才有司马迁的《史记》。而《史记》是通史，将汉朝皇帝的本纪放在尽后头，并且将尧的后裔的汉和秦、项放在相等的地位，这实在不足以推尊本朝。况《史记》只到武帝而止，也没有成段落似的。他所以断代述史，起于高祖，终于平帝时王莽之诛，共十二世，二百三十年，作纪、表、志、传凡百篇，称为《汉书》。班固著《汉书》，虽然根据父亲的评论，修正了《史记》的缺失，但断代的主张，却是他的创见。他这样一面保存了文献，一面贯彻了发扬本朝功德的趣旨。所以后来的正史都以他的书为范本，名称也多叫作“书”。他这个创见，影响是极大的。他的书所包举的，比《史记》更为广大；天地、鬼神、人事、政治、道德、艺术、文章，尽在其中。

书里没有世家一体，本于班彪《后传》。汉代封建制度，实际上已不存在；无所谓侯国，也就无所谓世家。这一体的并入列传，也是自然之势。至于改“书”为“志”，只是避免与《汉书》的“书”字相重，无关得失。但增加了《艺文志》，叙述古代学术源流，记载皇家藏书目录，所关却就大了。《艺文志》的底本是刘歆的《七略》。刘向、刘歆父子都曾奉诏校读皇家藏书；他们开始分别源流，编订目录，使那些“中秘书”渐得流传于世，功劳是很大的。他们的原著都已不存，但《艺文志》还保留着刘歆《七略》的大部分。这是后来目录学家的宝典。原来秦火之后，直到成帝时，书籍才渐渐出现；成帝诏求遗书于天下，这些书便多聚在皇家。刘氏父子所以能有那样大的贡献，班固所以想到在《汉书》里增立《艺文志》，都是时代使然。司马迁便没有这样好运气。

《史记》成于一人之手，《汉书》成于四人之手。表、志由曹大家和马续补成；纪、传从昭帝至平帝有班彪的《后传》做底本。而从高祖至武帝，更多用《史记》的文字。这样一看，班固自己作的似乎太少。因此有人说他的书是“剽窃”而成，算不得著作。但那时的著作权的观念还不甚分明，不以抄袭为嫌；而史书也不能凭虚别构。班固删润旧文，正是所谓“述而不作”。他删润的地方，却颇有别裁，绝非率尔下笔。史书叙汉事，有缺略的，有隐晦的，经他润色，便变得详明；这是他的独到处。汉代“明主、贤君、忠臣、死义之士”，他实在表彰得更为到家。书中收载别人整篇的文章甚多，有人因此说他是“浮华”之士。这些文章大抵关系政治学术，多是经世有用之作。那时还没有文集，史书加以搜罗，不失保存文献之旨。至于收录辞赋，却是当时的风气和他个人的嗜好；不过从现在看来，这些也正是文学史料，不能抹杀的。

班、马优劣论起于王充《论衡》。他说班氏父子“文义浃备，纪事详赡”，观者以为胜于《史记》。王充论文，是主张“华实俱成”的。汉代是个辞赋的时代，所谓“华”，便是辞赋化。《史记》当时还用散行文字；到了《汉书》，便宏丽精整，多用排偶，句子也长了。这正是辞赋的影响。自此以后，直到唐代，一般文士，大多偏爱《汉书》，专门传习，《史记》的传习者却甚少。这反映着那时期崇尚骈文的风气。唐以后，散文渐成正统，大家才提倡起《史记》来；明归有光及清桐城派更力加推尊，《史记》差不多要驾乎《汉书》之上了。这种优劣论起于二书散整不同，质文各异；其实是跟着时代的好尚而转变的。

晋代张辅，独不好《汉书》。他说：“世人论司马迁、班固才的优劣，多以固为胜，但是司马迁叙三千年事，只五十万言，班固叙二百年事，却有八十万言。烦省相差如此之远，班固哪里赶得上司马迁呢！”刘知幾《史通》却以为“《史记》虽叙三千年事，详备的也只汉兴七十多年，前省后烦，未能折中；若叫他作《汉书》，恐怕比班固还要烦些”。刘知幾左袒班固，不无过甚其词。平心而论，《汉书》确比《史记》繁些。《史记》是通史，虽然意在尊汉，不妨详近略远，但叙汉事到底不能太详；司马迁是知道“折中”的。《汉书》断代为书，尽可充分利用史料，尽其颂述功德的职分：载事既多，文字自然繁了，这是一。《汉书》载别人文字也比《史记》多，这是二。《汉书》文字趋向骈体，句子比散体长，这是三。这都是“事有必至，理有固然”，不足为《汉书》病。范晔《后汉书·班固传赞》说班固叙事“不激诡，不抑抗，赡而不秽，详而有体，使读之者亹亹而不厌”，这是不错的。

宋代郑樵在《通志·总序》里抨击班固，几乎说得他不值一钱。刘知幾论通史不如断代，以为通史年月悠长，史料亡佚太多，所可采录的大都陈陈相因，难得新异。《史记》已不免此失；后世仿作，贪多务得，又加上繁杂的毛病，简直教人懒得去看。按他的说法，像《鲁春秋》等，怕也只能算是截取一个时代的一段儿，相当于《史记》的叙述汉事；不是无首无尾，就是有首无尾。这都不如断代史的首尾一贯好。像《汉书》那样，所记的只是班固的近代，史料丰富，搜求不难。只需破费工夫，总可一新耳目，“使读之者亹亹而不厌”的。郑樵的意见恰相反。他注重会通，以为历史是连贯的，要明白因革损益的轨迹，非会通不可。通史好在能见其全，能见其大。他称赞《史记》，说是“‘六经’之后，惟有此作”。他说班固断汉为书，古今间隔，因革不明，失了会通之道，真只算是片段罢了。其实通古和断代，各有短长，刘、郑都不免一偏之见。

《史》《汉》可以说是各自成家。《史记》“文直而事核”，《汉书》“文赡而事详”。司马迁感慨多，微情妙旨，时在文字蹊径之外；《汉书》却一览之余，情词俱尽。但是就史论史，班固也许比较客观些，比较合体些。明茅坤说“《汉书》以矩矱胜”，清章学诚说“班氏守绳墨”“班氏体方用智”，都是这个意思。晋傅玄评班固：“论国体则饰主阙而折忠臣，叙世教则贵取容而贱直节”。这些只关识见高低，不见性情偏正，和司马迁《游侠》《货殖》两传蕴含着无穷的身世之痛的不能相比，所以还无碍其为客观的。总之，《史》《汉》二书，文质和繁省虽然各不相同，而所采者博，所择者精，却是一样；组织的宏大，描写的曲达，也同工异曲。二书并称良史，绝不是偶然的。

《古诗十九首释》前言

诗是最错综的，最多义的，非得细密的分析功夫，不能捉住它的意旨。

——编者注

诗是精粹的语言。因为是“精粹的”，便比散文需要更多的思索，更多的吟味；许多人觉得诗难懂，便是为此。但诗究竟是“语言”，并没有真的神秘；语言，包括说的和写的，是可以分析的，诗也是可以分析的。只有分析，才可以得到透彻的了解；散文如此，诗也如此。有时分析起来还是不懂，那是分析得还不够细密，或者是知识不够，材料不足；并不是分析这个方法不成。这些情形，不论文言文、白话文、文言诗、白话诗，都是一样。不过在一般不大熟悉文言的青年人看来，文言文，特别是文言诗，也许更难懂些罢了。

我们设“诗文选读”这一栏，便是要分析古典和现代文学的重要作品，帮助青年诸君的了解，引起他们的兴趣，更注重的是要养成他们分析的态度。只有能分析的人，才能切实欣赏；欣赏是在透彻的了解里。一般的意见将欣赏和了解分成两橛，实在是不妥的。没有透彻的了解，就欣赏起来，那欣赏也许会驴唇不对马嘴，至多也只是模糊影响。一般人以为诗只能综合地欣赏，一分析诗就没有了。其实诗是最错综的，最多义的，非得细密的分析工夫，不能捉住它的意旨。若是囫囵吞枣地读去，所得着的怕只是声调辞藻等一枝一节，整个儿的诗会从你的口头眼下滑过去。

本文选了《古诗十九首》做对象，有两个缘由。一来《十九首》可以说是我们最古的五言诗，是我们诗的古典之一。所谓“温柔敦厚”“怨而不怒”的作风，《三百篇》之外，《十九首》是最重要的代表。直到六朝，五言诗都以这一类古诗为标准；而从六朝以来的诗论，还都以这一类诗为正宗。《十九首》影响之大，从此可知。

二来《十九首》既是诗的古典，说解的人也就很多。古诗原来很不少，梁代昭明太子（萧统）的《文选》里却只选了这《十九首》。《文选》成了古典，《十九首》也就成了古典；《十九首》以外，古诗流传到后世的，也就有限了。唐代李善和“五臣”给《文选》作注，当然也注了《十九首》。嗣后历代都有说解《十九首》的，但除了《文选》注家和元代刘履的《选诗补注》，整套作解的似乎没有。清代笺注之学很盛，独立说解《十九首》的很多。近人隋树森先生编有《古诗十九首集释》（中华版）一书，搜罗历来《十九首》的整套的解释，大致完备，很可参看。

这些说解，算李善的最为谨慎、切实；虽然他释“事”的地方多，释“义”的地方少。“事”是诗中引用的古事和成辞，普通称为“典故”。“义”是作诗的意思或意旨，就是我们日常说话里的“用意”。有些人反对典故，认为诗贵自然，辛辛苦苦注出诗里的典故，只表明诗句是有“来历”的，作者是渊博的，并不能增加诗的价值。另有些人也反对典故，却认为太麻烦，太琐碎，反足为欣赏之累。

可是，诗是精粹的语言，暗示是它的生命。暗示得从比喻和组织上作功夫，利用读者联想的力量。组织得简约紧凑；似乎断了，实在连着。比喻或用古事成辞，或用眼前景物；典故其实是比喻的一类。这首诗那首诗可以不用典故，但是整个儿的诗是离不开典故的。旧诗如此，新诗也如此；不过新诗爱用外国典故罢了。要透彻地了解诗，在许多时候，非先弄明白诗里的典故不可。陶渊明的诗，总该算“自然”了，但他用的典故并不少。从前人只囫囵读过，直到近人古直先生的《靖节诗笺定本》，才细细地注明。我们因此增加了对于陶诗的了解；虽然我们对于古先生所解释的许多篇陶诗的意旨并不敢苟同。李善注《十九首》的好处，在他所引的“事”都跟原诗的文义和背景切合，帮助我们的了解很大。

别家说解，大都重在意旨。有些是根据原诗的文义和背景，却忽略了典故，因此不免望文生义，模糊影响。有些并不根据全篇的文义、典故、背景，却只断章取义，让“比兴”的信念，支配一切。所谓“比兴”的信念，是认为作诗必关教化；凡男女私情，相思离别的作品，必有寄托的意旨——不是“臣不得于君”，便是“士不遇知己”。这些人似乎觉得相思离别等等私情不值得作诗；作诗和读诗必须能见其大。但是原作里却往往不见那大处。于是，他们便抓住一句两句，甚至一词两词，曲解起来，发挥开去，好凑合那个传统的信念。这不但不切合原作，并且常常不能自圆其说；只算是无中生有，驴唇不对马嘴罢了。

据近人的考证，《十九首》大概作于东汉末年，是建安（献帝）诗的前驱。李善就说过，诗里的地名像“宛”“洛”“上东门”，都可以见出有一部分是东汉人作的；但他还相信其中有西汉诗。历来认为《十九首》里有西汉诗，只有一个重要的证据，便是第七首里“玉衡指孟冬”一句话。李善说，这是汉初的历法。后来人都信他的话，同时也就信《十九首》中一部分是西汉诗。不过李善这条注并不确切可靠，俞平伯先生有过详细讨论，载在《清华学报》里。我们现在相信这句诗还是用的夏历。此外，梁启超先生的意见，《十九首》作风如此相同，不会分开在相隔几百年的两个时代（《美文及其历史》）。徐中舒先生也说，东汉中叶，文人的五言诗还是很幼稚的；西汉若已有《十九首》那样成熟的作品，怎么会有这种现象呢！（《古诗十九首考》，《中大语言历史研究所周刊》六十五期。）

《十九首》没有作者；但并不是民间的作品，而是文人仿乐府作的诗。乐府原是入乐的歌谣，盛行于西汉。到东汉时，文人仿作乐府辞的极多；现存的乐府古辞，也大都是东汉的。仿作乐府，最初大约是依原调，用原题；后来便有只用原题的。再后便有不依原调，不用原题，只取乐府原意，作五言诗的了。这种作品，文人化的程度虽然已经很高，题材可还是民间的，如人生不常，及时行乐，离别，相思，客愁，等等。这时代作诗人的个性还见不出，而每首诗的作者，也并不限于一个人；所以没有主名可指。《十九首》就是这类诗；诗中常用典故，正是文人的色彩。但典故并不妨害《十九首》的“自然”；因为这类诗究竟是民间味，而且只是浑括的抒叙，还没到精细描写的地步，所以就觉得“自然”了。

王安石《明妃曲》

读诗解诗的方法不同，
对诗的理解便异变出现了。
——编者注

王安石《明妃曲》二首，颇受人攻击，说诗中“人生失意无南北”“汉恩自浅胡自深”两句有伤忠爱之道。第一首云：

明妃初出汉宫时，泪湿春风鬓脚垂。低徊顾影无颜色，尚得君王不自持。归来却怪丹青手，入眼平生几曾有。意态由来画不成，当时枉杀毛延寿。一去心知更不归，可怜着尽汉宫衣。寄声欲问塞南事，只有年年鸿雁飞。家人万里传消息：“好在毡城莫相忆。君不见，咫尺长门闭阿娇，人生失意无南北。”

黄山谷引王深父的话，说：“孔子曰，‘夷、狄之有君，不如诸夏之亡也。’‘人生失意’句非是。”这是说，无论怎样，中国总比夷、狄好，南总比北好，打在冷宫的阿娇也总比在毡城做阏氏的明妃好；诗中将南北等量齐观，是不对的。山谷却辩道：孔子居九夷，可见夷、狄也未尝无可取之处，诗语并不算错。

这种辩论似乎有点小题大做；所以有人说王安石只是要翻新出奇罢了，是不必深求的。但细读这首诗，王安石笔下的明妃本人，并未离开那“怨而不怒”的旧谱儿；不过“家人”给她抱不平，口气却有点儿“怒”了。“家人”怒，而身当其境的明妃并没有怒，正见其忠厚之极。这里“一去”两句说她久而不忘汉朝，“寄声”两句说这么久了，也托人问汉朝消息，汉朝却绝无消息——年年有雁来，元帝却没给她一个字。在国内几年未承恩幸，出宫时虽“得君王不自持”，又杀了毛延寿，而到塞外几年，却也未承眷念；她只算白等着。家里的消息却是有的，叫她别痴想了，汉朝的恩是很薄的，当年阿娇近在咫尺，也打下冷宫来着，你惦记汉朝，即便你在汉朝，也还不是失意？——该失意的在南在北都一样，别老惦着“塞南”吧。这是决绝辞，也可说是恰如其分的安慰语；不过这只是“家人”说说罢了。

第二首云：

明妃初嫁与胡儿，毡车百辆皆胡姬。含情欲说独无处，传与琵琶心自知。黄金捍拨春风手，弹看飞鸿劝胡酒。汉宫侍女暗垂泪，沙上行人却回首：“汉恩自浅胡自深，人生乐在相知心。”可怜青冢已芜没，尚有哀弦留至今。

李璧注引范冲对高宗云：“诗人多作《明妃曲》，以失身胡虏为无穷之恨；安石则曰：‘汉恩自浅胡自深，人生乐在相知心。’然则刘豫不是罪过，汉恩浅而虏恩深也。……孟子曰：‘无父无君是禽兽也。’以胡虏有恩而遂忘君父，非禽兽而何！”这以诗中明妃与汉奸刘豫相比，骂她是禽兽；其实范冲真要骂的是王安石。骂王安石，与诗无甚关系，且不必论。就诗论诗，全篇只是以琵琶的悲怨见出明妃的悲怨；初嫁时不用说，含情无处诉，只借琵琶自写心曲。后来虽然弹琵琶劝酒，可是眼看飞鸿，心不在胡而在汉。飞鸿有三义：句子以嵇康《赠秀才入军》诗“目送归鸿，手挥五弦”来，意思却牵涉到孟子的“一心以为鸿鹄将至”，又带着盼飞鸿捎来消息。这心事“汉宫侍女”知道，只不便明言安慰，惟有暗地垂泪。“沙上行人”听着琵琶的哀响，却不禁回首，自语道：汉朝对你的恩浅，胡人对你的恩深，古语说得好，乐莫乐兮新相知，你何必老惦着汉朝呢？在胡言胡，这也是恰如其分的安慰语。这绝不是明妃的嘀咕，也不是王安石自己的议论，已有人说过，只是沙上行人自言自语罢了。但是青冢芜没之后，哀弦留传不绝，可见后世人所见的还只是个悲怨可怜的明妃；明妃并未变心可知。王深父范冲之说，都只是断章取义，不顾全局，最是解诗大病。今写此短文，意不在给诗中的明妃及作者王安石辩护，只在说明读诗解诗的方法，借着这两首诗做个例子罢了。

1936年11月20日

图书在版编目（CIP）数据

拆开来说 / 朱自清著. -- 南京 : 江苏凤凰文艺出版社, 2018.1
（大师语文）
ISBN 978-7-5594-1437-3

Ⅰ. ①拆… Ⅱ. ①朱… Ⅲ. ①散文集 - 中国 - 现代 Ⅳ. ①I266

中国版本图书馆CIP数据核字（2017）第295798号

书　　名	拆开来说（大师语文）
著　　者	朱自清
文字编辑	左　夕　朱　艺
责任编辑	黄孝阳　王　青
出版发行	江苏凤凰文艺出版社
出版社地址	南京市中央路165号，邮编：210009
出版社网址	http://www.jswenyi.com
发　　行	北京华景时代文化传媒有限公司 010-83638551
印　　刷	北京中科印刷有限公司
开　　本	880 mm × 1 230 mm　1/32
印　　张	8.5
字　　数	156千字
版　　次	2018年1月第1版　2018年1月第1次印刷
标准书号	ISBN 978-7-5594-1437-3
定　　价	46.00元